CITÉ NOÉ Nº 2

SÉRIE « SF Jimmy GUIEU »

Déjà parus

N° 1 — Au-delà de l'infini
N° 2 — Les monstres du néant
N° 3 — L'Invasion de la Terre
N° 4 — Les Êtres de feu
N° 5 — Hantise sur le monde
N° 6 — Convulsions solaires
N° 7 — L'univers vivant
N° 8 — Réseau dinosaure
N° 9 — La Dimension X
N° 10 — Chasseurs d'hommes
N° 11 — La spirale du temps
N° 12 — Nous les Martiens
N° 13 — Le monde oublié
N° 14 — Mission « T »
N° 15 — L'homme de l'espace
N° 16 — L'Ère des Biocybs
N° 17 — Opération Aphrodite
N° 18 — Expérimental X-35
N° 19 — Commandos de l'espace
N° 20 — Planète en péril
N° 21 — L'Agonie du verre
N° 22 — Univers Parallèles
N° 23 — La Grande Épouvante
N° 24 — Nos Ancêtres de l'Avenir
N° 25 — L'Invisible Alliance
N° 26 — Prisonniers du Passé
N° 27 — Piège dans l'Espace
N° 28 — Les Portes de Thulé
N° 29 — Le Secret des Tshengz
N° 30 — Refuge Cosmique
N° 31 — Demain l'apocalypse
N° 32 — Les Destructeurs
N° 33 — Les Forbans de l'Espace
N° 34 — La mort de la Vie
N° 35 — Joklun-N'Ghar la maudite
N° 36 — Le Règne des Mutants
N° 37 — Traquenard sur Kenndor

science fiction

SF

JIMMY GUIEU

Grand Prix du Roman Science-Fiction 1954
Prix du Roman Esotérique 1969
Grand Prix du Roman S.F. Claude Auvray 1973

CITÉ NOÉ Nº 2

Plon

Remanié par l'Auteur, ce roman est la vivante adaptation de l'ouvrage paru sous le même titre, en 1969, dans la Collection « Anticipation » des Éditions Fleuve Noir.

Illustration de couverture : Pieri-Dominique Lacombe

ISBN 2-259-01138-1
ISSN 0-242-3715

CHAPITRE PREMIER

Le lac Mackay scintillait comme une turquoise au cœur du grand désert de sable australien. A l'est et au sud, le territoire brûlé par le soleil faisait place aux monts Mac Donnel, rocaille désertique aux formes torturées. A l'ouest et au nord du lac — sur les rives duquel poussaient d'étranges végétaux rabougris d'un mauve bleuâtre — le sable jaune et ocre s'étendait à perte de vue.

A *5 miles* au nord du lac Mackay, un édifice insolite rompait l'uniformité désolée. Semblant émerger du sable, une formidable coupole transparente d'un diamètre de trois mille cinq cents mètres dressait sa masse haute d'environ cinq cents mètres. Le pouvoir réfléchissant de sa surface polie était tel qu'on ne pouvait, de loin, distinguer qu'un hémisphère de lumière aveuglante. Tranchant sur la morne étendue ocre du désert et se détachant sur le bleu limpide du ciel, la chose aurait pu faire songer à un monstrueux champignon de cristal planté dans un décor surréaliste.

Pourtant, sous ce dôme absolument étanche, des constructions s'alignaient, séparées par de larges avenues bordées d'arbres et de buissons en fleurs. Des bandes de gazon mettaient leur touche verte le long des artères principales. Les toits plats des édifices servaient de terrasse à relaxation ainsi qu'en témoignaient les innombrables chaises longues et fauteuils à dossier inclinable qui s'y trouvaient. Une température douce, chargée de senteurs végétales particulièrement toniques, régnait sous cette coupole au-delà de laquelle sévissait l'accablante chaleur du désert.

L'un de ces bâtiments aux teintes claires, construit en forme de T, abritait le centre de recherches scientifiques et, notamment, les laboratoires de biologie humaine dirigés par le professeur Eric Dahl. Celui-ci assumait en outre les fonctions de chef de cette extraordinaire ville sous globe édifiée deux siècles plus tôt pour préserver quelques milliers de techniciens et scientifiques des mortelles radiations atomiques. Depuis lors, hélas, ce péril avait accompli son œuvre destructrice : l'air et le sol de la planète étaient empoisonnés, les humains et toutes les espèces vivantes, ou presque, s'étaient éteints. (1)

Les rares privilégiés qui purent échapper à la Grande Catastrophe — causée par un usage immodéré de l'énergie atomique — durent vivre leur vie au sein de cette ville étanche aux radiations isolée dans le désert. Leurs descendants savaient aujourd'hui que la Terre n'était plus qu'un gigantesque charnier brûlé par les rayonnements. Mais c'était au prix d'une réclusion perpétuelle qu'avait pu se maintenir la pérennité de l'espèce, réclusion qui, à ce jour, durait depuis près de deux cent cinquante années !

Le professeur Eric Dahl, accusant tout au plus 35 ans, vêtu d'un pantalon en plastex gris et d'une chemise blanche à manches courtes, largement ouverte sur la toison rousse de son torse musclé, arpentait son bureau en marmonnant des paroles inintelligibles. Les mains au dos, il s'arrêta face à la grande baie vitrée occupant tout un mur de la pièce. Il parcourut du regard les édifices aux formes harmonieuses, plissa les paupières pour scruter le désert brûlant au-delà de la coupole protectrice et, avec un mouvement d'épaules exaspéré, il reprit ses déambulations. Le vibreur du vidéophone le fit se retourner en sursaut. Il abaissa

(1) Lire *La mort de la vie* (avant-propos de Charles-Noël Martin) par Jimmy Guieu, même collection.

brutalement le contacteur de l'appareil et, penché sur le micro, lança :

— Alors ?

La surface opaline de l'écran scintilla et, en stéréochromie, se forma l'image d'une jeune fille blonde au buste bronzé paré d'un soutien-gorge en tissu métallisé à reflets mauves. Assise devant sa propre vidéo, elle manifestait les signes d'une nervosité plus grande encore que celle de son chef.

— Les bio-détecteurs viennent de fonctionner, Chef !

Le savant ferma un instant les yeux pour exhaler, très ému :

— Seigneur ! Ils ont réussi !... Avez-vous établi le contact avec eux, Judith ?

— Non, mais s'ils n'ont pas envoyé de message depuis si longtemps, c'est évidemment parce que leur émetteur à longue portée était hors d'usage. Lorsqu'ils seront plus près de notre cité, ils rétabliront le contact par walkie-talkie.

— Reviennent-ils tous trois... ou bien... ? hasarda le professeur avec anxiété.

— Le radar panoramique et les bio-détecteurs ont indiscutablement décelé trois êtres humains et ceux-ci ne peuvent être évidemment que Teddy Price et ses assistants Robert Warmley et Reginald Burns.

— Evidemment, puisque aussi bien ces trois héros — ou ces fous ! — sont les seuls êtres humains à se promener sur la planète saturée de radiations mortelles ! Surveillez vos appareils, Judith, je cours vous rejoindre.

Il quitta son bureau au pas de course et s'engouffra dans un ascenseur tubulaire qui, en quelques secondes, le déposa au 59e étage du vaste bâtiment. Après avoir longé un couloir aux murs luminescents, le chef de la Cité Noé franchit une porte à commande photo-électrique et pénétra dans l'immense laboratoire de recherches électroniques.

Devant un gros écran télévisionneur qu'ils masquaient en partie se penchaient la blonde Judith Lightgow et ses collaborateurs Dean Chase et Walter Young. Depuis deux ans déjà et malgré son jeune âge — elle n'avait pas tout à fait 25 ans — cette éminente physicienne avait été promue au rang de directrice du département de l'électronique au centre de recherches scientifiques. Ses remarquables travaux sur les générateurs de champs électromagnétiques oscillants l'avaient rapidement désignée pour occuper ce poste de première importance.

Judith, un peu pâle, s'était retournée. Outre son soutien-gorge mauve, elle arborait un short très court en tissu jaune or. Sans parler, elle désigna l'écran qui montrait, s'avançant au milieu du désert brûlé par le soleil, trois hommes marchant à grandes enjambées. Coiffés d'un casque colonial, ils portaient un short kaki, une chemise Lacoste et des sandales en matière plastique. Les courroies de leurs sacs tyroliens s'entrecroisaient sur leur poitrine aux puissants pectoraux qui saillaient sous leur chemise collée par la sueur à leur peau.

— Nous les avons détectés pendant que vous veniez nous rejoindre, prononça la jeune électronicienne.

— Ils ont l'air... parfaitement sains et très naturels, constata le chef de la Cité Noé. C'est presque incroyable. A les voir ainsi, sans scaphandre, marchant tranquillement dans ce désert chargé — comme le reste de la Terre — de radiations atomiques, je crois rêver !

Il leva les yeux vers la jeune fille et, bouleversé, ajouta :

— Vous, Judith, et Teddy Price avez accompli un véritable prodige ! Vos découvertes sont la chose la plus formidable, et la plus désirée, qui puisse exister !

Walter Young, l'assistant de l'électronicienne tourna un bouton, régla la mise au point et, en gros plan, l'écran encadra les trois hommes qui maintenant souriaient. On pouvait voir leurs lèvres remuer. Leurs traits détendus reflétaient une humeur joviale. Tout en marchant à bonne allure, l'un des jeunes hommes décrocha un appareil oblong pendu, sur la hanche, à son ceinturon et il en étira l'antenne télescopique. Ce que voyant, Judith Lightgow s'installa aux commandes et brancha l'émetteur-récepteur du vidéo sur la longueur d'onde du walkie-talkie des arrivants. Le haut-parleur retransmit peu après la voix grave de Teddy Price :

— Price à Cité Noé. Je suis sûr que quelqu'un est actuellement à l'écoute. Depuis un bout de temps déjà les bio-détecteurs et télévisionneurs ont dû nous repérer. Nous n'avons pas pu établir plus tôt le contact avec vous en raison d'une avarie survenue à notre émetteur à longue portée. Nous n'avons pas voulu nous retourner et avons continué notre petite balade expérimentale, attendant de revenir à portée d'écoute pour communiquer avec vous grâce aux walkies-talkies. A vous, Cité Noé.

— Cité Noé. Ici Eric Dahl. Dieu soit loué, Price ! Vous et vos assistants paraissez être en parfaite santé.

— Nous le sommes, Professeur, confirma joyeusement le biologiste. En cet an de grâce 2225, pour la première fois depuis la création de notre cité, les radiations atomiques sont définitivement vaincues ! La preuve est faite : le traitement immunisateur combiné que Judith Lightgow et moi avons mis au point est pleinement efficace !

— Seigneur ! soupira le professeur Dahl, nous avons connu les affres de l'incertitude et la torture de l'angoisse pendant votre long silence. Deux mois durant, tandis que nous communiquions journellement, nous avions fini par être absolument convaincus de l'efficacité de votre traitement, mais votre mutisme subit, depuis deux semaines, nous a fait craindre le pire.

— Non, le seul malade était notre émetteur !

Songeur et contemplant l'image du grand écran, le professeur Dahl enchaîna :

— Je vous revois encore, Price, me rendant visite avec Judith voici près de deux ans et m'exposant les résultats de vos travaux combinés. J'entends encore le flot roulant de vos répliques si persuasives tendant à me faire partager vos convictions — basées sur des expériences de labo concluantes — et m'abreuvant de détails, de formules et de faits — à vos dires — probants...

***

— Le danger de contamination par les radiations est double, Professeur, avait, à cette époque, exposé le généticien Teddy Price qui, emporté par l'enthousiasme de ses récentes découvertes, ne réalisait point qu'il imposait ainsi à son chef des détails on ne peut plus élémentaires.

« Il y a d'abord le danger externe, causé par les doses de rayonnement pur qui traverse les tissus et viennent de l'extérieur, exactement comme le rayonnement X lors d'un examen radiologique. Ce rayonnement provient du sol, des bâtiments et des objets rendus radioactifs depuis des siècles par l'usage inconsidéré que firent nos ancêtres de l'énergie nucléaire.

« Il y a ensuite — et conjointement — le danger interne, beaucoup plus perfide, causé par l'absorption d'isotopes radioactifs en suspension dans l'air, le strontium 90 par exemple. Ingérés — soit par la respiration, soit par la consommation d'aliments ou de liquides contaminés — ces isotopes se fixent dans les tissus et les os et minent l'organisme. Ils lèsent les cellules et déséquilibrent leur fonctionnement chimique par l'ionisation produite, c'est-à-dire par l'apparition de charges électriques résultant de la « bousculade » à laquelle les radiations soumettent les électrons de l'édifice atomique du corps humain.

« Certes, les gamma venus de l'extérieur bousculent eux aussi les électrons des atomes rencontrés et provoquent ainsi une ionisation pernicieuse. Mais le rayonnement interne est encore plus dangereux puisque l'agent perturbateur est « installé » dans l'organisme et y sévit selon un effet « sphérique ». Tandis que le rayonnement extérieur, lui, traverse souvent le corps de part en part ; son effet est donc simplement linéaire.

« Judith Lightgow et moi-même nous sommes attachés à combattre, au stade du laboratoire, ce double danger qui frapperait tout être humain voulant se risquer au-delà du dôme énergétique étanche protégeant notre cité. Et nous y sommes parvenus ! Nous avons pu mettre au point une action combinée de nature physico-chimique. Mon rôle s'est borné à sélectionner et tester, parmi des milliers de substances, celles qui permettraient un conditionnement chimique obligeant les radioéléments ingérés par l'organisme à le... quitter rapidement ! Une telle médication — que j'ai baptisée Composé T.P. 511 — par son administration régulière et constante, conférera à notre organisme une mithridatisation qui obtient une pleine efficacité lorsqu'elle vient compléter l'action du générateur de champ mis au point par Judith Lightgow.

— Ce générateur, exposa à son tour la jeune physicienne, qui eût paru plus que chimérique aux yeux de nos ancêtres, est maintenant techniquement au point. Son action sur l'organisme aboutira à une longue accoutumance à l'effet ionisant du rayonnement qui — hors de notre cité — traverserait les tissus. Le principe actif de mon générateur de champs électro-magnétiques est le suivant : le sujet est placé dans une chambre spéciale dont les parois sont soumises à deux champs, un électrique et un magnétique, oscillant selon certaines phases très précises. Conjointement, un rayonnement radioactif *global* est déversé sur le corps du sujet préalablement traité au Composé T.P. 511 de Teddy Price.

Dans cette « chambre irradiantielle », les champs oscillants engendrés par mon générateur sont tels que les électrons et les ions produits dans les tissus vivants bombardés prennent une trajectoire fermée, à l'intérieur des tissus. Et ceci en un temps très bref, avec des parcours les plus petits possible réalisables en réajustant méticuleusement les caractéristiques des champs électriques et magnétiques.

« Il s'ensuit automatiquement que mon générateur reconstitue *à chaque* instant l'édifice neutre qui avait été rompu — au sein des cellules — par les photons gamma pernicieux. Les sujets parallèlement soumis au Composé T.P. 511 et à des séances irradiantielles graduelles et répétées acquerront alors progressivement une mithridatisation parfaite. Une longue accoutumance des tissus se produira — et s'est produite chez les animaux, en laboratoire — et l'immunisation de l'organisme humain aux radiations atomiques deviendra une *fonction acquise !*

— Les expériences conduites sur les cobayes, les singes, porcs et chiens ayant été parfaitement concluantes, acheva Teddy Price, nous projetons de les étendre aux êtres humains. Mes assistants Robert Warmley et Reginald Burns sont décidés à tenter avec moi l'expérience... Je dirai mieux, Professeur : lorsque vous aurez pris connaissance de nos travaux, lorsque vous aurez personnellement constaté le parfait état physique de nos animaux-cobayes soumis à notre traitement, je suis persuadé que vous accepterez de nous voir pratiquer une expérience préliminaire d'immunisation contre une dose infime de radiation... et ce sur l'ensemble des habitants de la Cité Noé...

Le professeur Dahl, aujourd'hui, souriait en se remémorant cette conversation et ces propositions des plus fantaisistes a priori. Il souriait, débordant d'allégresse et se félicitant d'avoir écouté ces deux jeunes savants, d'avoir méticuleusement contrôlé leurs travaux ensuite, d'avoir approuvé leur projet d'appliquer graduellement leur traitement immunisateur à l'ensemble de la « population » de la ville sous globe. Le conditionnement chimique T.P. 511 avait donc été progressivement administré à chacun en même temps que le gigantesque dôme énergétique était utilisé par la physicienne Judith Lightgow pour servir de support à un champ électromagnétique oscillant devant agir sur les tissus des occupants. Parallèlement — après une ultime série de tests — le mortel rayonnement atomique extérieur serait graduellement admis sous le dôme étanche grâce à des fenêtres réglables pratiquées en divers endroits de la coupole énergétique.

En deux années de ce traitement préliminaire « d'accoutumance », les organismes avaient acquis une résistance absolue à la dose croissante de rayonnement admise insensiblement sous la coupole naguère strictement imperméable. La mithridatisation des habitants de la Cité Noé était donc garantie pour une dose bien déterminée de rayons gamma. Cependant, avant de tenter une sortie, il convenait de se soumettre à un dernier « traitement de choc » précisément rendu possible grâce à la longue accoutumance dont bénéficiaient les organismes « mithridatisés ».

Le généticien Teddy Price et ses assistants Robert Warmley et Reginald Burns furent les premiers volontaires pour affronter les torrents de radiations atomiques dont le monde extérieur était saturé. Après deux mois d'exploration du territoire environnant, après avoir, pendant ces soixante jours, vécu sans scaphandre protecteur et mangé des aliments contaminés, ils revenaient, sains et saufs, définitivement soustraits au danger mortel qui, voici plus de deux siècles, avait décimé l'espèce humaine en particulier et le règne vivant en général.

***

Penché sur l'écran télévisionneur montrant les trois héros de cette ultime expérience, le professeur Eric Dahl abandonna ses cogitations pour leur sourire :

— Bravo, Price, je vous félicite ainsi que vos courageux compagnons. Votre fantastique expérience est concluante. J'accepte de faire appliquer maintenant le dernier « traitement de choc » conférant à l'organisme une immunisation totale contre les radiations à dose maxima. Les premiers volontaires pourront donc quitter définitivement la Cité d'ici à vingt-quatre heures et viendront vous rejoindre...

— Je suis volontaire ! lança spontanément Judith Lightgow puis, subitement gênée par sa propre précipitation, elle considéra avec embarras ses assistants et le directeur de la Cité Noé.

— Je crois qu'avant longtemps, Judith, nous serons tous volontaires pour recouvrer la liberté, observa Eric Dahl qui, dans le microphone cette fois, enchaîna : voilà donc trouvé le premier volontaire, Price. Judith Lightgow va se soumettre au dernier traitement de choc et, demain, si son état est aussi satisfaisant que le vôtre, elle nous quittera... chargée de provisions. Vous devez avoir épuisé à peu près complètement les vôtres.

« Abordons maintenant le problème crucial : l'abandon définitif de notre cité. Vous avez dû mûrir et parfaire votre plan pendant que vous goûtiez les joies de vivre libres, totalement libres dans cette nature naguère encore mortellement radioactive pour nous.

— Nous y avons longuement songé, Professeur, et avons établi un plan schématisé en trois points. Primo : grouper une trentaine de volontaires réunissant dans leur ensemble toutes les connaissances techniques indispensables à l'établissement d'une « tête de pont » à l'extérieur, c'est-à-dire dans une ville jadis assez importante. Secundo : ces volontaires soumis à l'ultime phase immunisatrice, partir en exploration avec quatre des six camions à turbine qui depuis plus de deux siècles n'ont jamais roulé hors de la Cité et nous servent aux seuls transports intérieurs. Tertio : ayant abordé un centre relativement important jadis occupé par nos ancêtres, y établir notre tête de pont et renvoyer les camions avec seulement un chauffeur pour revenir ici prendre d'autres volontaires.

« Entre-temps, nous aurons inventorié les matériaux et objets manufacturés de la ville où nous aurons pris pied. Avant l'arrivée du second contingent d'émigrants, nous aurons déjà fait de la bonne besogne et pourrons les loger — si tout n'est pas ruine, évidemment ! Les installations hydroponiques que nous aurons la précaution d'emporter ne tarderont pas à produire des fruits et des légumes. Une partie du cheptel nourrie avec des aliments synthétiques au sein de la Cité Noé sera lui aussi soumis à l'immunisation définitive et viendra occuper une ferme que nous aurons créée en même temps que notre tête de pont. Je crois qu'en l'espace de six mois non seulement toute la Cité aura pu êtr évacuée, mais aussi que nous aurons pu déménager toutes nos installations et nos laboratoires.

— Dans l'ensemble, tout paraît réglé ; mais en fait, Price, avez-vous songé aux multiples difficultés qui se dressent sur votre chemin ? Je ne veux point jouer les oiseaux de mauvais augure, mais il me semble que ce plan, très séduisant, est assez risqué si vous devez l'appliquer à la lettre et en hâte.

— Sans doute, Professeur, abonda Teddy Price, mais vous-même, avez-vous songé dans un autre ordre d'idées, aux difficultés qui surgiront au sein de la Cité Noé si les habitants, pris par une soudaine psychose de claustrophobie engendrée précisément par la connaissance des possibilités d'évasion, font montre d'indiscipline et exigent — à cause d'une trop longue attente — d'abandonner avant l'heure la Cité ?

« A mon avis, nous avons tout à gagner à nous hâter. Il faut qu'à chaque voyage les camions dirigent vers notre tête de pont un contingent d'immunisés. D'ores et déjà, il est indispensable de reconvertir certaines branches de notre industrie à circuit fermé pour produire principalement des vivres, du carburant pour nos véhicules et des tissus plastiques. Si la température climatisée régnant sous la coupole d'une part, et la pénurie première de matière de base entrant dans la composition des tissus synthétiques d'autre part ont fait de nous des naturistes, nous devons penser au climat de l'extérieur, torride le jour et froid la nuit. Il faudra donc veiller à cette question très importante des vêtements ; malheureusement, nous sommes fort pauvres en tissus, les matières premières faisant particulièrement défaut. Dehors, dans la journée, nous pourrons tout comme ici pratiquer le naturisme, mais la nuit, nous grelotterons ! Et là, notre immunisation ne nous sera d'aucun secours !

« Quant à trouver des vêtements et des tissus dans les villes en ruine, si la chose est plausible, elle n'est pas pour autant certaine. Ne comptons donc, jusqu'à preuve du contraire, que sur nos apports personnels. A vous, professeur Dahl.

— En définitive, où envisagez-vous d'établir cette tête de pont ?

— A Dajarra, dans le Queensland, huit cents kilomètres à l'est de la Cité environ. Cette ville, de trente mille habitants lors de la Grande Catastrophe, était le terminus de la ligne de chemin de fer venant du port de Townsville, au sud de la mer de Corail. Nos ancêtres avaient ouvert à Dajarra un petit aérodrome pour hélicoptères. Par ailleurs, des mines de charbon, d'or et d'argent existaient jadis dans la région. Nous pouvons par conséquent espérer y trouver les vestiges d'un matériel dont une partie — très faible sans doute — sera peut-être récupérable si les bâtiments ou des hangars les ont protégés des intempéries.

— Pourquoi, Price, n'attendriez-vous pas que nos techniciens aient révisé notre hélicoptère avant de vous lancer en exploration par voie de terre ?

— Cette révision exigera un certain temps. L'hélico n'a plus volé depuis plus de deux cents ans ! Bien qu'entretenu, il n'est pas dit que certaines pièces ou des organes délicats ne soient pas hors d'usage. Non, Professeur, à moins que vous nous l'interdisiez, nous aimerions partir dans quarante-huit heures. Ce laps de temps sera amplement suffisant pour charger les vivres et le matériel qu'emportera notre expédition composée de vingt-six volontaires qui, avec Judith et nous trois, constituera la base de cette première tête de pont.

« Il conviendra aussi de prévoir des armes…

— Des armes ? tiqua le chef de la Cité Noé. Votre programme vous laissera donc du temps pour pratiquer le tir ?

— Il ne s'agira pas de faire des cartons pour se distraire, professeur Dahl, rétorqua le jeune biologiste. A trois reprises, cette semaine, alors que nous explorions les monts Mac Donnel, à l'est du lac Mackay, nous avons aperçu, détalant par bonds dans la végétation rabougrie, de curieux animaux qui, de loin, ressemblaient vaguement à des kangourous verdâtres — à deux pattes seulement — mais beaucoup plus petits que leurs ancêtres morts avec les humains sous l'action des radiations atomiques.

— Etes-vous certains qu'il ne s'agissait pas d'un mirage, chose très fréquente dans ces zones désertiques et torrides ? risqua Eric Dahl, sceptique.

— Nous avons relevé les traces de ces animaux, Professeur. Il est indiscutable qu'à la Grande Catastrophe des espèces vivantes survécurent grâce à une adaptation... ou une mutation.

— Allons donc ! Il eût fallu un miracle pour qu'une telle mutation persistât. Je ne nie pas que des espèces mutantes aient vu le jour à la suite du chaos atomique succédant à l'emploi abusif de cette énergie tombée au pouvoir des hommes corrompus de jadis, mais de là à admettre que des espèces mutantes aient pu se reproduire et se maintenir, il y a loin.

— Je vous affirme que ces traces étaient très nettes, et plus nombreuses encore autour du lac Mackay dans lequel, par surcroît, Warmley, Burns et moi-même avons fait une pêche vraiment miraculeuse ! Il serait très appréciable de pouvoir abattre l'un de ces animaux — ou d'autres spécimens de la faune éventuellement — au cours de notre expédition. Après avoir étudié ces animaux et s'ils s'avéraient comestibles, nous aurions là une nette amélioration de nos ressources alimentaires, ce qui justifierait amplement la précaution d'emporter quelques fusils, carabines et revolvers.

— Je ne vois aucun inconvénient à vous confier des armes, mais je demeure très sceptique quant à la présence d'une faune supérieure à la surface de la Terre. Passe encore pour des bactéries, des spores, des lichens extrêmement résistants, mais des êtres d'un niveau élevé, cela me semble tout à fait... fantaisiste.

— Je présume, Professeur, que vous nous observez à l'aide d'un téléobjectif en ce moment ? Dans ce cas, regardez donc cela, conseilla Teddy Price en désignant son camarade Robert Warmley qui retirait de son sac tyrolien un long paquet enveloppé d'une mince feuille de matière plastique.

Sur l'écran, l'on vit l'assistant du biologiste déplier le paquet et en retirer deux gros poissons pesant chacun trois livres, étranges poissons qu'il tenait par la nageoire caudale et dont le dos rouge et vert s'ornait d'une espèce de crête barbelée brillante. Sous leur ventre doré prenaient naissance quatre nageoires terminées par des ramifications, au nombre de six, pouvant passer pour des pattes !

Judith Lightgow tripota les commandes de l'appareil et poussa au maximum la netteté du téléobjectif. Sur l'écran du télévisionneur d'autres détails apparurent, ne laissant subsister aucun doute dans l'esprit du biologiste Eric Dahl.

— Incroyable ! s'exclama celui-ci. Il faudrait être aveugle pour ne pas voir ces poissons-là ! La vie ne s'est donc pas éteinte tout à fait sur notre planète.

— Nous en avons là une preuve formelle, fit Price en donnant une chiquenaude aux deux poissons. Je ne suis pas ichtyologue, mais je puis vous dire que ces poissons — nous en avons mangé — sont non seulement excellents mais qu'ils sont très nourrissants ! Ce sont des amphibiens, dotés de branchies et de poumons. Remarquez aussi leurs quatre nageoires ventrales qui sont « presque » des pattes ! Curieux spécimens de la faune aquatique du lac Mackay. Est-ce une espèce ancienne inconnue de nous — cela n'aurait rien d'extraordinaire puisque nous ne sommes pas spécialistes en ichtyologie — ou bien sommes-nous en présence d'une espèce mutante engendrée par une espèce ancienne dont les gènes furent perturbés par les radiations ?

— Dans l'un comme dans l'autre cas, observa le professeur Dahl, il nous faudra donc compter avec la faune. De ce fait, je conçois la parfaite utilité d'emporter des armes dans votre expédition. Néanmoins, cela me surprendrait que vous ayez à vous en servir contre des animaux tels qu'en connurent nos ancêtres...

CHAPITRE II

La nouvelle du retour des immunisés se répandit promptement dans la ville sous globe. A deux heures de l'après-midi, les télévisionneurs privés ainsi que ceux des multiples services et laboratoires diffusèrent un message du chef de la Cité que les habitants, étreints d'une émotion profonde, écoutèrent quasi religieusement.

Le visage aimé du savant s'inscrivit sur tous les écrans et les haut-parleurs déversèrent ses paroles d'espoir et d'allégresse :

— Mes chers amis. Ce jour voit notre communauté entrer dans une ère nouvelle. Nous qui, après nos parents et nos aïeux, sommes nés et avons toujours vécu avec pour frontière inviolable la paroi transparente de notre dôme énergétique, nous qui, jusqu'à ces deux dernières années, avions abandonné l'espoir de franchir impunément ce champ de force protecteur, nous allons enfin être libres. Après un ultime traitement de choc — dernière phase de la thérapeutique suivie par nous depuis deux ans — nous pourrons très bientôt quitter cette Cité Noé qui, arche moderne ayant résisté au déluge atomique, aura servi de berceau à l'humanité future.

« Ce rêve, longtemps caressé puis abandonné par nos ancêtres, ce rêve va devenir réalité grâce au génie de Teddy Price, directeur de notre section de génétique et à celui de Judith Lightgow, chargée du département de l'électronique au centre de recherches scientiques.

« Avec un courage et une abnégation admirables, Price et ses assistants Robert Warmley et Reginald Burns ont expérimenté sur leurs propres personnes l'ultime phase du traitement immunisateur. Leur tentative fut couronnée de succès. Après deux mois et demi passés dans la nature chargée de radiations, les voici revenus, non point parmi nous mais aux portes — si je puis dire — de notre refuge.

« Ce monde extérieur qui nous terrorisait parce qu'empoisonné, dévasté et jonché de ruines, ce monde jadis vert et riche d'une vie palpitante va renaître et nous serons les instruments et les ouvriers de sa résurrection. Nombre d'entre vous se sont déjà précipités vers le secteur est du dôme énergétique et ont adressé des signes d'amitié à Teddy Price et à ses compagnons. Vous avez vu ces hommes sans scaphandre et pourtant bien vivants, baignant dans les radiations dont la coupole nous protège partiellement puisque aussi bien notre immunisation est encore incomplète. Ces hommes sont perdus pour la Cité Noé puisque devenus eux-mêmes radioactifs à cent pour cent, comparativement à notre taux actuel de mithridatisation voisin de soixante-dix pour cent. Mais qu'importe ! Dans les semaines et les mois à venir, le procédé Price-Lightgow d'immunisation totale nous permettra de quitter nous aussi ce refuge pour aller nous établir au-dehors, en des régions jadis civilisées.

« Nous avons sélectionné vingt-sept volontaires qui, ce matin même, se sont soumis à la dernière phase immunisatrice. Demain, à la même heure, le premier de ces volontaires — l'électronicienne Judith Lightgow — franchira le sas étanche pour émerger dans l'ex-enfer radioactif et apporter des vivres à nos libérateurs. Après-demain à l'aube, le premier contingent au complet s'embarquera à bord de quatre camions chargés de matériel et des vivres nécessaires à l'établissement d'une tête de pont à Dajarra, dans le Queensland, à huit cents kilomètres à l'est de notre cité. Que trouvera-t-il, là-bas ? Très probablement des ruines. Mais nous relèverons ces ruines et en ferons un tremplin qui nous permettra d'essaimer en d'autres régions de l'Australie et dans le monde entier par la suite.

« Le plan modifiant notre production en « circuit fermé », dressé depuis longtemps, est d'ores et déjà mis en application. Dès aujourd'hui, notre production générale est orientée vers des voies différentes de celles que nous avons toujours suivies. La fabrication du carburant synthétique alimentant les véhicules à turbine, la confection des vêtements et la composition des aliments vont être intensifiées. Par contre, la fabrication des objets et appareils qui ne présentent pas un intérêt immédiat va être suspendue.

« En moins de six mois, il faut que les neuf mille habitants de la Cité Noé aient été évacués. Les générateurs géants enfouis dans le sous-sol seront arrêtés et le dôme énergétique disparaîtra, laissant dans le désert nos édifices désormais vides et sans plus aucune utilité. Contraints par les circonstances à l'observance rigoureuse du malthusianisme depuis plus de deux siècles, lorsque nous aurons émigré, ce contrôle des naissances sera aboli. Nous aurons alors besoin de procréer pour repeupler la Terre et rétablir une civilisation que nous nous efforcerons de maintenir sur les voies du bien, du progrès et de la sagesse, principes dont l'indissolubilité fut ignorée de nos ancêtres...

***

Le lendemain, au début de l'après-midi, tous les adultes qui purent abandonner leur poste et l'ensemble des enfants et adolescents de la Cité Noé s'étaient rassemblés le long de l'avenue centrale et ce jusqu'à proximité de la paroi transparente à la base du dôme énergétique.

Enfants et adultes ne portaient pour la plupart qu'un short ou un bikini en plastex. L'élévation morale des descendants des rescapés du chaos, leur éducation et leur évolution mentale avaient fait d'eux des naturistes. La pénurie en matières premières servant de base à la fabrication du plastex n'était évidemment point la raison majeure de leur absence presque totale de vêtements. L'observance de cette règle résidait dans un désir de fraternité et de solidarité absolu. Pour ces êtres évolués ayant miraculeusement survécu au péril atomique, il n'aurait su être question d'instituer dans ce refuge de l'homo sapiens les mêmes « compartimentations » sociales qui, de tout temps, divisèrent plus ou moins les humains. Au sein de la Cité Noé, hommes et femmes, savants et néophytes, techniciens et assistants obéissaient à une discipline librement consentie et se sentaient égaux.

Dans l'effroyable catastrophe qui deux siècles et demi plus tôt avait ravagé le monde, dans les souffrances atroces de l'humanité agonisante — condamnée pour avoir « péché », soulignaient les mystiques — ils avaient compris la vanité de tous les égoïsmes, des haines, des rancœurs et de cette boue abjecte que, de tout temps, les peuples grands ou petits avaient remués et s'étaient jeté à la face.

A quoi avaient servi la SDN et l'ONU, les camps de la mort, les tortures et les déportations massives perpétrés au nom d'une hypocrite doctrine ou d'une kyrielle d'idéaux tous plus faux les uns que les autres ? A quoi avaient abouti les esclavages, les massacres, ces déferlements de violences ? Qu'avaient donc enfanté la Science sans Conscience et ces déesses illusoires aux noms majestueux mais combien galvaudés de Liberté, Egalité Fraternité ? LA MORT.

Une mort abominable semée par les radiations qui, à la surface de la Terre, avait définitivement uni les hommes à quelque classe qu'ils appartinssent et quelles que fussent leurs croyances ou leurs idéologies. De cet épouvantable fléau qui balaya les races, les rescapés de la Cité Noé conservaient un souvenir douloureux, germe d'une humilité qui les avait conduits — en dépit de leur formation scientifique positiviste — à la crainte de l'Inconnaissable que d'aucuns appellent Dieu l'Eternel ou le Verbe. Ramené à son infinie petitesse, l'Homme, bien que protégé du péril par le dôme de la Cité, avait senti qu'au-delà du connu mesurable et analysable existait une Force, une Puissance qu'il se refusait à se représenter, mais dont il ne pouvait pas ne pas tenir compte.

Redevenus de simples humains sans étiquette — conformiste ou sociale — les élus avaient œuvré côte à côte pour survivre. Nus étaient l'Adam et l'Eve de la Tradition, symboles de l'humain désarmé devant la Nature. Reconnaissants, pétris de cet esprit d'humilité et d'égalité sans réserve, les survivants en vinrent tout naturellement à vivre dans la sagesse et sur un mode proche, précisément, de cette Nature dont ils avaient été chassés.

Leurs descendants, ce 23 juin 2225, s'étaient donc rassemblés non loin de la paroi du dôme énergétique. Mais si pour la plupart ils offraient leurs corps bronzés à la douce température climatisée, Judith Lightgow, elle, entourée par le professeur Eric Dahl et ses principaux collaborateurs, n'avait plus rien d'une naturiste. Ayant subi l'ultime phase du traitement d'immunisation totale, elle était devenue ipso facto radioactive à un degré présentant un danger de contamination certaine pour les habitants de la Cité incomplètement mithridatisés. Ce fait l'avait contrainte à revêtir un inélégant scaphandre anti-radiations — paradoxe inattendu ! — destiné non point à la protéger mais à protéger de son propre rayonnement ceux qui, sous le dôme, l'approchaient.

La matière transparente de son scaphandre

laissait voir son short bleu pâle et sa chemise-blouson aux manches retroussées et à poches multiples. Elle portait dans son dos un énorme sac tyrolien que surmontait un sac de couchage, des couvertures roulées et un casque colonial. Elle était par ailleurs pourvue de deux volumineuses caissettes en matière plastique emplies de vivres destinés au généticien Teddy Price et à ses compagnons.

A travers le dôme, l'on apercevait ces derniers qui, depuis la veille, bivouaquaient dans le sable parmi leur maigre matériel de camping. Le départ de l'électronicienne s'effectua sans discours grandiloquent, sans phraséologie pompeuse. Dans une ambiance de joie et d'espoir, le professeur Dahl, chef de la Cité Noé, prit la jeune fille aux épaules et prononça simplement :

— Nos vœux t'accompagnent, Judith Lightgow. Puissions-nous, nous qui aujourd'hui assistons à ton départ, suivre bientôt la piste que toi, Teddy Price et votre expédition allez tracer à travers le désert.

Elle décerna un sourire ému au biologiste, agita gauchement son bras, boudiné par le scaphandre, à l'adresse de ceux qu'elle allait quitter puis, courbée sous le poids de son sac dorsal, elle souleva par leurs poignées les caissettes et marcha vers la base du dôme. Une variation d'intensité localisée dans ce champ de force produisit pour commencer une distorsion qui troubla la visibilité. Une auréole mauve clair naquit à la surface de la paroi, s'agrandit et un tunnel de deux mètres de côté s'y creusa graduellement en profondeur. Elle y pénétra, fit quelques pas et, derrière elle, l'auréole mauve disparut en même temps que le champ électro-magnétique se reformait, rétablissant l'étanchéité du dôme immatériel et matériel à la fois. Au-devant d'elle, tel un prodige de conte de fée, la variation d'intensité localisée forait à travers le champ de force un passage long de dix mètres représentant l'épaisseur moyenne de la paroi de la coupole énergétique. Une auréole violine scintilla à la surface extérieure du dôme et, par l'ouverture ainsi pratiquée, la jeune fille put enfin émerger hors de la Cité Noé.

Elle s'arrêta après deux ou trois pas dans le sable qui crissait sous les semelles de son scaphandre et posa au sol les deux caissettes. D'un geste machinal, elle débloqua la collerette étanche de sa combinaison anti-radiation et rejeta dans son dos le casque globulaire. Une bouffée de chaleur sèche la frappa au visage.

Les yeux humides, les narines frémissantes d'une émotion et d'une joie inexprimables, elle ne sut que dire à Teddy Price et ses compagnons venus l'accueillir. Elle leur sourit, remua les lèvres mais demeura silencieuse tandis que le généticien l'aidait à se défaire de l'encombrant sac tyrolien. Lorsqu'elle en fut débarrassée, lorsqu'elle eut ensuite retiré son scaphandre devenu inutile, elle parcourut des yeux l'immensité jaunâtre du grand désert de sable et contempla les massifs rocailleux des monts Mac Donnel.

L'électronicienne prit une courte inspiration ; d'abord avec une sorte d'appréhension, de crainte, puis avec une confiance grandissante elle respira cet air sec et brûlant, chargé de radiations qui, vingt-quatre heures plus tôt, l'eussent très gravement affectée en raison de son immunisation alors incomplète.

— Eh bien, Judith ? Quelle sensation éprouvez-vous à vous sentir dehors ?

La question du jeune généticien, si elle ne la fit point tressaillir, l'arracha à sa fugitive contemplation rêveuse.

— Je n'arrive pas à analyser toutes ces sensations nouvelles, Ted, murmura-t-elle en s'éclaircissant doucement la voix. Je... je suis heureuse et... Excusez-moi, c'est trop bête, mais...

Teddy Price, à la vue du tremblement de ses lèvres et des larmes qu'elle n'avait pu contenir, traita son émotion avec une rudesse amicale. Il la força à le regarder en lui soulevant le menton et railla :

— Dites, Jud, vous rendez-vous compte du travail que nous aurons demain, si tous les volontaires viennent pleurer dans nos gilets ?

— Pardonnez-moi, balbutia-t-elle.

— Pas avant d'avoir préparé aux affamés que nous sommes un substantiel repas. Allons, Jud, séchez vos pleurs et déballez la batterie de cuisine !... Voilà qui est mieux, apprécia-t-il en la voyant sourire.

L'entrain et la jovialité de Teddy Price, à cette minute, avaient pour but de masquer son émoi. Car il était ému de retrouver cette jeune fille sans la découverte de laquelle il n'eût pu recueillir les fruits de ses propres travaux sur le Composé T.P. 511. Il n'avait pas oublié le rôle d'égérie active joué par elle dans sa vie. Cette brillante physicienne qui lui vouait une grande admiration, que lui-même admirait profondément pour sa géniale invention, était pour lui et depuis des années une excellente amie.

Parfois, devisant de choses et d'autres, il leur arrivait de prononcer simultanément les mêmes mots, de se tutoyer machinalement, ce qui provoquait toujours chez eux de grands éclats de rire amusé. Ils éprouvaient réciproquement une joie sans mélange à se retrouver, à assister ensemble aux diverses séances récréatives et, notamment, à pratiquer ce jeu des psycho-formations. Ce passe-temps consistait, grâce aux casques spéciaux dont les partenaires étaient pourvus, à matérialiser temporairement leur énergie mentale en « formes-pensées ». Il devenait ainsi possible de créer dans un grand champ énergétique approprié des figures et des sujets — tri-dimensionnels — baroques ou étonnants que l'adversaire, par la seule force de sa pensée, cherchait à démolir ou à modifier. Le jeu se pratiquait indifférement avec un nombre restreint ou important de participants. Ces derniers, rassemblés dans la salle spécialement agencée à cet effet dans le Bâtiment des Loisirs, recevaient du meneur de jeu plusieurs suggestions constituant un canevas ou la trame de la scène ou du thème choisi. Les contacts aux casques psycho-amplificateurs établis, le champ énergétique tri-dimensionnel prenait forme au milieu d'une piste de quarante mètres de diamètre et s'élevait jusqu'au plafond de la salle hémisphérique haute de vingt-cinq mètres à son axe.

Teddy Price, tout en aidant sa camarade à sortir les provisions des caissettes, se souvenait du jour où, participant avec plusieurs autres personnes à ce jeu, il avait formé dans le champ énergétique l'image de Judith aux prises avec un lion surgi lui aussi de ses pensées. Il revoyait encore ce lion, abandonnant Judith pour s'élancer à la poursuite d'une gazelle opportunément « psycho-formée » par la jeune fille. Il sourit en se remémorant l'issue de ce duel où sa propre image — créée par Judith — et où l'image de celle-ci — créée par lui se rencontrèrent parmi la foule des autres psycho-formations enfantées par les joueurs. Leurs doubles éphémères, engagés dans une poursuite, finirent par se battre en riant... pour enfin s'embrasser ! Pris au jeu et laissant libre court à leur affectivité subconsciente, ils avaient chacun dirigé leurs pensées vers un but commun non concerté.

Il revoyait encore leur mine vaguement embarrassée après qu'ils eussent tous deux immédiatement fait disparaître leurs doubles pensés. Le généticien évoquait tout cela en ouvrant machinalement une boîte de conserve. Un genou dans le sable, il faisait face à Judith Lightgow occupée elle aussi et fourbissant activement sa « batterie de cuisine » en métalo-plastex. Subitement, elle leva les yeux et considéra son compagnon avec stupéfaction :

— Je sais que tu pensais à ce jeu où... Comment ai-je donc pu savoir que vous pensiez à cela ? rectifia-t-elle en abandonnant le tutoiement spontané.

Songeur soudain, le généticien coula un bref regard en direction de Warmley et Burns, s'activant auprès d'un réchaud héliothermique, puis il ramena son attention sur la jeune fille :

— J'attendais cette question, Jud. Vous venez de prendre conscience d'un phénomène qui, lorsqu'il nous fut révélé, ne laissa pas de nous sidérer, Warmley, Burns et moi-même. Nous sommes devenus — et vous aussi, Jud — télépathes ! En modifiant notre métabolisme et notre physiologie, le traitement d'immunisation contre les radiations que vous et moi avons mis au point a également influé sur notre mental. Les échanges énergétiques qui se manifestent au sein de l'extraordinaire complexité des neurones de notre cerveau ont été bénéfiquement perturbés. Vous ne l'ignorez pas, le cerveau humain « fonctionne » à moins de dix pour cent de sa capacité seulement. Autrement dit, nous avons encore bien des choses à apprendre sur ses possibilités, soit encore sur des fonctions insoupçonnables qu'il contient certainement à l'état latent et dont un jour nous prendrons conscience.

Légèrement éberluée, l'électronicienne compléta méditativement :

— En somme, notre traitement combiné a déclenché en nous la mise en service d'un relais — un peu analogue à certains relais des machines électroniques — resté jusqu'alors inutilisé. Outre l'étonnante immunisation qu'il nous confère vis-à-vis des rayonnements, ce traitement — ou plutôt sa phase optima — a fait éclore chez nous un sens supplémentaire — le sixième — ou sens télépathique !

Elle demeura songeuse quelques instants et ajouta :

— Je crois, Ted, qu'il conviendra de ne mettre au courant que les volontaires devant demain nous rejoindre. En voici la raison : nous allons être amenés à vivre au nombre d'une trentaine ensemble, dans une promiscuité inévitable, et ce pendant le temps que durera la traversée du désert. Nous finirions par lire mutuellement en nous à livre ouvert. Nous saurons réciproquement ce que chacun de nous pense. L'esprit, la pensée, comme naguère encore cela était possible, ne seront plus un refuge inviolable. Naturellement, l'éducation que nous avons reçue, notre élévation spirituelle — indispensable à la vie en vase clos que nous avons menée — ont modelé notre esprit et l'ont incliné vers une sagesse, une pureté jamais atteinte par les collectivités de nos ancêtres.

« Mais voilà : cette réclusion ne sera bientôt plus qu'un souvenir. Nous — et ceux qui momentanément vivent encore sous le dôme — connaîtrons avant longtemps la liberté, à l'air libre sur un espace sans frontière. Qu'en résultera-t-il, socialement parlant ? Les règles d'harmonie spirituelles et morales que nous respectons tous avec joie ne vont-elles pas être altérées par le fait même que nous sommes — et que les autres seront demain — télépathes ?

« Le bonheur, la liberté, même, sont-ils possibles dans un monde où chacun sait instantanément ce que le voisin pense ? Cette franchise librement observée qui régnait parmi nous au sein de la Cité Noé ne disparaîtra-t-elle point par une sorte d'inhibition ou de refoulement ?

— Voici bien, en effet, l'autre revers de la médaille, approuva le généticien. Cette situation risquerait de devenir très... délicate en certaines circonstances, mais...

Elle l'interrompit calmement en le regardant avec une attention soutenue :

— Je sais à quoi tu penses, Ted, et cela ne m'offusque pas... puisque j'éprouve, moi aussi, les mêmes sentiments à ton égard. Ce genre de pensées ne pouvait donc pas ne pas venir en mon esprit...

Elle sourit et, usant de sa nouvelle faculté mentale, compléta :

— La télépathie a pour nous supprimé le cachet poétique d'une déclaration d'amour en bonne et due forme !

— Cela ne change rien au fait, Sweet Judy, formula-t-il à son tour mentalement, puis, à haute voix : Rassure-toi, il existe un moyen de garder bien à soi ses pensées. En quelques jours, tu pourras l'éprouver aussi bien que nous. Mais avant de pouvoir spontanément mettre en action ce moyen d'isolement mental, il convient de procéder à une série d'expériences que nous devrons également révéler aux vingt-six volontaires qui demain se joindront à nous. Dans cet ordre d'idées et considérant le délai nécessaire à l'élaboration de cette barrière psychique, nous devrons entretemps observer une franchise et une tolérance absolues les uns vis-à-vis des autres. Il y aura des femmes, techniciennes et spécialistes, parmi ces volontaires. Par conséquent, ces principes deviennent applicables aux deux sexes. En aucun cas, les uns ou les autres, surprenant la pensée d'autrui, ne devront s'en offusquer et ce, quelle que soit cette pensée...

— Je comprends parfaitement, abonda la jeune fille en surmontant l'embarras dans lequel ce sous-entendu — dont elle venait de lire le sens précis dans l'esprit de son interlocuteur — l'avait plongée. Nous formerons un groupe de trente personnes amenées à vivre pendant au moins deux ou trois jours dans une promiscuité presque constante. Et je comprends la nécessité évidente de faire montre d'une tolérance absolue à l'égard des pensées d'autrui. Si nous n'admettons pas ce principe élémentaire, nous courons à un échec, à une désorganisation complète de notre petite société, partant, de la société grandissante qu'elle devra engendrer.

— C'est indéniable, approuva le généticien, mais cette contrainte assez délicate sera de courte durée. Deux ou trois jours suffiront pour acquérir la faculté — par des expériences répétées — de contrôler nos pensées, d'une part, et de dresser à volonté une barrière, un écran psychique interdisant à autrui l'accès de notre cerveau, d'autre part.

CHAPITRE III

Dans un grondement sourd et monotone, la colonne des quatre gros camions à turbine s'étirait sous les rayons du soleil matinal. Les trente volontaires du premier contingent d'immunisés s'étaient tant bien que mal entassés parmi les vivres, les réserves d'eau potable et l'importante quantité de matériel divers emporté.

Partis avant l'aube de la cité Noé, les énormes camions roulaient déjà depuis deux heures à travers le désert. Ils avaient, pour éviter le terrain trop accidenté aux abords des monts Mac Donnel, obliqué vers le nord et, maintenant, laissant derrière eux un sol au relief prononcé, ils viraient à droite, cap à l'est.

Ces puissants véhicules — longs de douze mètres — très hauts sur pneus et à la cabine avancée, pouvaient aisément atteindre une vitesse horaire de deux cent cinquante km sur piste. Toutefois, dans ce désert de sable jaunâtre, aux dunes de faible importance mais particulièrement serrées, leurs conducteurs ne pouvaient prétendre à les lancer à plein régime. Force leur était donc de maintenir une moyenne — respectable — de 60 à 70 km heure. Nulle piste, nulle route n'avait dans ce désert résisté au flot envahissant du sable charrié par le vent.

Les volontaires et le matériel occupaient les vastes remorques tractées que, pour la circonstance, l'on avait dotées d'un toit en matière plastique maintenue en place par des arceaux de métal. N'ayant jamais quitté la Cité dont l'étanchéité la mettait à l'abri des intempéries, ces véhicules s'étaient jusqu'à ce jour passés de bâche ou autre système protecteur.

Dans la spacieuse cabine avancée du camion en tête de colonne avaient pris place Teddy Price — nommé à juste titre chef de l'expédition dont il était l'instigateur — Judith Lightgow et les deux assistants du généticien.

Ignorant à peu près tout de la configuration actuelle du terrain, les « émigrants » ne devaient se fier qu'à la boussole et faire un long détour de deux cents km vers le nord-nord-est avant de reprendre la direction de l'est. Ce détour, rendu inévitable par l'obstacle des monts Mac Donnel, augmentait notablement la distance à couvrir pour atteindre Dajarra, distance ainsi portée à un millier de kilomètres environ.

Tous les cents km, la colonne stoppait et le chef d'expédition enfonçait dans le sable ou la pierraille de préférence un piquet métallique à l'extrémité duquel était fixé un minuscule émetteur au sélénium dont la pile, alimentée par l'énergie solaire, offrait une durée d'utilisation de plusieurs mois. Ces appareils lançaient à intervalle régulier des impulsions hertziennes que les récepteurs radiogoniométriques des camions capteraient aisément à leur retour. Même enterrés par une tempête de sable, ces émetteurs ne cesseraient point immédiatement de fonctionner et joueraient ainsi leur rôle de phares signalant la piste comme autant de jalons.

Par cette précaution, les conducteurs demeuraient assurés non seulement de pouvoir emprunter au retour ce chemin éprouvé mais en cas d'urgence nécessitant l'envoi de renforts depuis la Cité Noé, lesdits renforts n'auraient point à tâtonner à la recherche d'une piste. Ce travail de signalisation retardait évidemment la progression de la colonne, néanmoins, si aucun accident ne venait ralentir sa marche, elle parviendrait au but fixé dès le départ 48 heures plus tard, l'expédition devant s'arrêter pour bivouaquer à la nuit tombée puis repartir le lendemain à l'aube.

Vers la fin de la matinée, alors qu'un trajet de quatre cents km avait été couvert, Teddy Price donna deux puissants coups de klaxon. A ce signal, les véhicules stoppèrent et le vrombissement de leurs turbines s'amenuisa comme un mugissement de sirène à fin de course. Les émigrants abandonnèrent volontiers leur inconfortable position — assis ou à demi allongés sur les caisses de vivres et de matériel — pour aller se dégourdir les jambes avant de retirer de leurs sacs individuels les aliments concentrés spécialement prévus pour le voyage.

Après avoir conduit toute la matinée avec seulement quelques interruptions de courte durée pour jalonner la piste, Teddy Price éprouvait un réel plaisir à marcher dans le sable. Ses mains, pour avoir tenu si longtemps le gros volant du camion, étaient endolories et il dut les frotter l'une contre l'autre.

— Notre vie recluse, mais facilitée par le machinisme accomplissant pour nous les plus dures besognes, nous a rendus moins aptes que nos ancêtres à la résistance physique, confia-t-il à Judith Lightgow. Vois, Jud, mes paumes sont couvertes d'ampoules et, pourtant, qu'ai-je fait ? J'ai simplement conduit pendant six heures ce camion et enfoncé quelques pics métalliques dans la rocaille du désert !

— Je crains que cet exode et notre établissement temporaires à Dajarra ne nous révèlent de nouveau à maintes occasions ce travers de notre condition. Chez nous, la résistance physique a été amoindrie depuis des générations par le manque d'exercice soutenu, par le manque d'endurance, en un mot, par l'inutilité — naguère sous le dôme — d'observer, toute proportion gardée, le *struggle for life* dont parlaient nos ancêtres.

— Après une période de transition, je suis persuadé que nous nous adapterons... mais le plus dur reste à faire ! De techniciens et spécialistes, nous allons tous, ou à peu près tous, passer au rang de simples pionniers. Pour un temps, nous troquerons nos microscopes, spectroscopes, nos cornues et nos trébuchets pour la pelle, la pioche et le marteau. Nous deviendrons maçons, terrassiers, charpentiers, plombiers, électriciens ou menuisiers...

— Nous abandonnerons aussi les travaux techniques pour nous transformer en couturières, lingères, cuisinières ou femmes de ménage ! ironisa plaisamment l'électronicienne. Vois-tu, Ted, cette vie nouvelle sera pour nous une véritable renaissance. Non seulement nous allons être forcés de lutter mais nous allons aussi connaître l'existence rude que menèrent les premiers colons qui, bien des siècles avant nous — et sans bénéficier de notre évolution technique —, vinrent s'établir en Australie. Nous serons proches de la Nature, ferons corps avec elle et devrons nous adapter aux nouvelles conditions de ce milieu, inconnu de nous et de nos parents.

— La Nature ? reprit le généticien. Sous

quelle forme se manifestera-t-elle ? Aura-t-elle quelque chose de commun avec la Nature, réceptacle de Vie, contemporaine de nos ancêtres ? N'allons-nous pas trouver que ruines et sol stérile avec seulement çà et là une timide manifestation de la vie ? La Terre n'est-elle pas devenue un immense désert ? Et si nous avons entrevu, dans les monts Mac Donnel, de menus animaux détalant au milieu d'une flore extrêmement pauvre, cela ne prouve point qu'ailleurs d'autres espèces aient pu, à la faveur de mutations, s'adapter et se reproduire en nombre.

— Nous ne tarderons pas à être fixés puisque, dans le courant de cet après-midi, nous abandonnerons le désert pour entrer dans ce qui fut jadis une steppe salée. Nous y découvrirons peut-être des végétaux propres à ces régions déshéritées et, demain, nous aurons la preuve de l'existence ou de l'inexistence d'une flore — et d'une faune — évoluées en abordant la région où, avant la Grande Catastrophe, s'étendait la forêt dense intertropicale.

Robert Warmley, qui était allé chercher dans le camion les rations alimentaires concentrées revenait, les bras chargés de boîtes rectangulaires enrobées de paraffine étanchéifiante. Derrière lui arrivait Reginald Burns, portant quatre gourdes en matière plastique souple.

— En place pour le banquet ! lança Warmley cependant que, par groupes, les autres volontaires s'accroupissaient dans le sable et commençaient à arracher la pellicule protectrice des boîtes de rations alimentaires.

L'assistant généticien trébucha soudain et, instinctivement, projeta les bras en avant pour amortir sa chute. Il se retrouva, sans mal, à plat ventre dans le sable parmi les boîtes contenant leur repas.

Déconfit, il se releva, ramassa les rations et jeta un regard vindicatif à l'obstacle — une malencontreuse pierre enfouie, probablement — qui l'avait fait choir. Mais, intrigué, il revint sur ses pas et s'accroupit pour dégager du sable cette pierre. Il mit à nu une surface rectangulaire unie de trente centimètres de long sur vingt de large. Déblayant avec sa main, il dégagea peu à peu une masse non point de pierre mais de ciment, sorte de parallélépipède dont la base était encore profondément enfoncée dans le sable.

Les autres, intrigués à leur tour, se rapprochèrent et firent cercle autour de lui. Son chef vint s'agenouiller à son côté et l'aida à dégager l'objet.

— Du ciment ! nota-t-il avec surprise. Je ne vois pas ce qu'une telle chose vient faire dans le désert !

Burns transporta gourdes et rations un peu plus loin et revint, muni de deux pelles à manche court. Au bout de quelques minutes, maniant les outils avec une hâte que leur curiosité rendait fébrile, ils mirent à jour une croix en ciment.

— Une croix dans le désert ! s'exclama Teddy Price, le front couvert de sueur.

— Une tombe, peut-être ?

— Cela m'étonnerait que nos ancêtres aient dressé une tombe, ornée d'une croix en ciment, dans cette région désolée.

Il contempla avec intérêt cette relique d'une époque révolue, attarda ses regards sur l'inscription *INRI,* à peine lisible, et se remit au travail, aidé par ses assistants. Après une demi-heure de ce labeur, ils avaient creusé un petit cratère de quatre mètres de diamètre et de deux mètres de profondeur autour de la croix. Sur une plaque de pierre aux trois quarts rongée et enchâssée dans le ciment ils déchiffrèrent : 1895.

— Eh bien ! Cette construction ne date pas d'hier... 1895, cela fait donc... trois cent trente ans !

Très surexcités, et bien que l'après-midi fût déjà avancé, ils absorbèrent rapidement leurs rations alimentaires concentrées, burent avec plaisir quelques gorgées d'eau et, tous ensemble cette fois, se remirent aux fouilles. Vers 16 heures, le toit d'un monument de grande taille — toit noirâtre aux deux faces inclinées — était dégagé. La croix se dressait au sommet de la façade de la construction.

— Serait-ce un temple ? Une église ?

— Eh ! Venez par ici ! lança Burns qui, à plat ventre, coulait sa tête et ses épaules dans une ouverture qu'il venait de mettre à jour à un mètre cinquante environ au-dessous de la gouttière.

— Apportez-moi une torche et des cordes ; on n'y voit rien, là-dedans...

Sa voix résonnait, caverneuse, dans l'édifice enfoui sous le sable.

On lui apporta une torche électrique et deux rouleaux de cordage en nylon dont l'une des extrémités fut fixée au pare-choc d'un camion. Burns projeta le puissant faisceau lumineux devant lui, dans l'orifice. Pendant plusieurs minutes, ignorant les multiples questions que les autres lui posaient, il demeura silencieux puis, lentement, il se recula et tourna la tête. Ses compagnons furent surpris par la pâleur et l'expression hagarde de son visage.

— Alors, Burns, allez-vous nous expliquer ? l'interpella Price. Vous êtes pâle comme neige. Auriez-vous vu un fantôme ?

— Presque, articula-t-il sourdement. Je préfère vous laisser le soin de juger vous-mêmes de ma découverte. Cette lucarne surplombe un entablement de pierre qui, trois mètres plus loin, côtoie un escalier en colimaçon. Sans trop de difficulté nous pourrons l'atteindre et descendre dans ce temple, car nous sommes certainement en présence d'un temple protestant.

Il se coula le premier dans l'orifice en tenant solidement la corde — passée autour de la taille — et, la torche accrochée au ceinturon de son short, il éprouva prudemment la solidité de l'entablement de pierre avant d'y prendre pied. Plaqué au mur, il s'avança lentement, faisant glisser la corde en nylon autour de sa taille et, avec soulagement, parvint à l'escalier métallique tournant. Il le secoua d'une main ferme, s'assura là aussi de sa résistance et enjamba la rampe rouillée pour se retrouver enfin sur les marches.

— A vous, Price ! notifia-t-il en lâchant la corde.

Sous cet édifice noyé dans la pénombre et qui depuis des siècles n'avait connu aucune présence humaine, sa voix prenait des tonalités rauques et lugubres. Il dirigea le faisceau de la torche contre le mur, à l'emplacement de l'entablement de pierre, et masqua en partie l'éclat lumineux pour ne pas aveugler son chef qui se coulait par la lucarne. Peu après, Judith Lightgow, Robert Warmley et deux autres émigrants descendaient les marches de métal à la suite de Reginald Burns.

— Si cette construction n'avait pas été édifiée dans le désert, la rouille aurait complétement rongé ce frêle escalier de...

Judith s'arrêta court, muette de stupeur

devant le spectacle macabre offert à sa vue. Sur les dalles du temple — à peu près vide de tout mobilier — gisaient une multitude de squelettes, la plupart allongés côte à côte, les mains jointes sur la poitrine !

— Mon Dieu ! murmura-t-elle dans un souffle. Ne serait-ce pas plutôt un... caveau et non un temple ou une église ?

Baissant instinctivement la voix, Price répondit, égaré :

— Il nous faudrait le secours d'un archéologue... ou de Crosland, l'historien, resté dans la Cité Noé. Pour mon compte, je ne sais que penser.

Ils s'avançaient, enjambant avec précaution les squelettes assez bien conservés dans cette atmosphère particulièrement sèche. Çà et là, proche d'un squelette d'adulte ou, même, mêlés à ses restes, l'on apercevait les ossements blanchis d'un enfant, voire, d'un nouveau-né.

Ce charnier ne recélait plus que des os, les vêtements ayant été depuis longtemps transformés en poussière. Parmi les restes funèbres subsistaient, sous une couche de poussière, des bijoux, broches, chaînettes en or ou en argent, des médailles, des bagues et alliances, de nombreuses montres. Quelques boucles de ceintures, des boutons, des fermoirs de sacs et autres menus objets métalliques avaient défié les ans et demeuraient reconnaissables.

Price et ses compagnons dénombrèrent plusieurs centaines de corps allongés dans le vaste édifice aux murs nus. Parvenus à son extrémité, ils découvrirent, sous l'éclat de leurs torches, un squelette assis derrière une table sur laquelle le haut de son corps s'était affalé. Ses bras repliés reposaient sur la table ; les phalanges jaunâtres de son index et du majeur droits maintenaient encore un stylo à pointe sèche. Sa dextre paraissait reposer sur une pile de feuillets en matière plastique servant jadis aux humains pour l'établissement de documents dont le caractère officiel ou l'importance exigeaient d'eux qu'ils résistassent au temps. Imputrescibles et inaltérables, ils étaient imprégnés d'une substance chimique dans laquelle la pointe sèche d'un stylo spécial pouvait tracer des caractères indélébiles. Le même type de feuillet servait aussi aux actes ou documents rédigés sur une machine à écrire ou sur une linotype appropriées.

Après hésitation, le généticien retira précautionneusement la pile de feuillets. Un nuage de poussière tourbillonna lentement et le stylo, glissant entre les doigts du squelette, roula sur la table puis tomba avec un petit bruit sec sur les dalles.

A la lucarne, les visages des immunisés se succédaient. L'on percevait confusément leurs commentaires venus de l'extérieur.

Voulant se rapprocher de Ted secouant les

feuillets pour en chasser la poussière, Judith heurta la table. Sous le choc, pourtant insignifiant, deux des pieds minés par les siècles se brisèrent. Le squelette, tel un pantin désarticulé, se rompit, s'effrita et dégringola en pièces dans un nouveau nuage de poussière. Le crâne roula sur les dalles et vint heurter avec un bruit mat le plus proche des squelettes allongés. La jeune fille était livide, au bord des larmes, bouleversée par son acte bien involontaire pourtant.

Le chef d'expédition, fasciné par les quelques lignes qu'il venait de parcourir sur les feuillets, ne prêta qu'une attention distraite à l'incident. Ces feuillets, portant chacun un chiffre dans l'angle supérieur droit, il put rétablir correctement la pagination et les rassembler dans l'ordre en une liasse d'une vingtaine de pages. Les premières offraient une écriture lâche mais appliquée. Toutefois, dans les suivantes, la calligraphie laissait à désirer ; l'écriture perdait progressivement de sa netteté, de son « application ». Parfois, un feuillet ne contenait qu'une dizaine de lignes irrégulières, pénibles à déchiffrer.

Groupés autour du généticien, les autres écoutèrent sa lecture, certains suivant des yeux le texte manuscrit rédigé en anglais.

— Barrow Creek, Anno Domine 1999, le 23 août ; Révérend Franck O'Malley, 37 ans, lut-il à mi-voix. Depuis une semaine, la tempête de sable fait rage. Les éléments qui déchaînent leur violence à travers le monde, et ajoutent au déclin de notre civilisation minée depuis des années déjà par les radiations, ne nous ont pas épargnés. Barrow Creek est maintenant une ville morte. Des trente cinq mille âmes qu'elle abritait, il ne subiste plus qu'une poignée de chrétiens réfugiés dans ce temple et, sans doute aussi, dans les autres temples et églises de la ville. Nos autres frères ont fui, fous de désespoir, affamés, assoiffés. Les derniers habitants sont partis voici huit jours ; les uns vers l'occident où la mort les frappera bien vite dans ce désert torride ; les autres vers l'est où ils espèrent trouver refuge dans la forêt… à quatre cents kilomètres d'ici ! Les malheureux ne l'atteindront jamais. Et l'atteindraient-ils qu'ils périraient quand même, tôt au tard, terrassés par le mal insidieux dont nous sommes tous frappés : le mal des radiations.

« Trois cent cinquante-neuf fidèles sont venus dans ce temple pour y prier et attendre la fin. Ils souffrent ; nous souffrons tous mais sommes résignés, attendant dans le calme que le Seigneur nous rappelle à Lui.

« Poussière ! L'homme n'est que poussière et retournera en poussière !

« Anno Domine 1999, le 3 septembre, lut-il sur le second feuillet. Depuis vingt-quatre heures, nous sommes privés d'eau. La tempête de sable fait toujours rage. Par la lucarne nord nous apercevons Barrow Creek, à demi enseveli sous des millions de tonnes de sable. La couche par endroits atteint cinq mètres d'épaisseur. Les deux portes de notre temple sont bloquées par le sable ; nous devons colmater le chambranle de ces portes, les fissures, les interstices entre les fenêtres et leurs montants pour n'être pas envahis par cette poussière jaune tendant à s'infiltrer de partout. Nous avons dû clouer des planches sur la lucarne nord qui ne comporte pas, comme les fenêtres, de volets extérieurs.

« Nous ne restons plus en vie que soixante-sept personnes. Mon épouse et nos enfants — Thérèsa, 5 ans et John, 3 ans — sont morts à vingt-quatre heures d'intervalle. Nous sommes bloqués dans le temple, prisonniers du sable et ne pouvons sortir pour donner une sépulture chrétienne aux deux cent quatre-vingt-douze cadavres qui gisent sur les dalles.

« Seigneur ! Abrégez nos souffrances.

« Anno Domine 1999, le 4 septembre.

« Notre poste récepteur à pile s'est tu ce matin. Il est en parfait état de marche mais ce sont les émissions — exclusivement constituées par des bulletins d'information — qui ont cessé. Nous avons entendu, en dernier, un speaker de Cape Town décrivant les effroyables ravages causés en Afrique du Sud — tout autant que dans le monde — par la radioactivité dont le taux s'élève aujourd'hui à quatre cent cinquante *roentgens.*

« Seigneur ! Donnez-nous le courage et la volonté de supporter jusqu'au bout... et sans vaine révolte, la soif atroce. Donnez-nous à tous ce courage, nous qui, morts-vivants parmi les morts...

« Abomination de la désolation ! Dans l'atmosphère de ce temple aux trois quarts enseveli, les cadavres qui se décomposent dégagent une abominable puanteur...

Teddy Price suspendit son déchiffrage, très ému à la lecture de ce journal dépeignant les affres des dernières victimes de la Grande Catastrophe prisonniers du temple qu'ils venaient de mettre à jour.

— A travers l'écriture peu à peu irrégulière, hachée, du Révérend Franck O'Malley, fit-il remarquer, l'on suit la progression du mal, l'aggravation des souffrances causées par l'inextinguible soif, par la faim et, probablement aussi par la propre souffrance des malheureux dont il ne pouvait pas soulager l'agonie. Maintenant, outre l'irrégularité de son ériture, nous pouvons déceler dans l'enchaînement de ses phrases, dans leurs interruptions abruptes les signes certains d'une altération mentale. Peut-être a-t-il écrit les dernières lignes par pur automatisme, dans un moment de brève lucidité ou, encore, dans un sursaut d'énergie désespérée ? Ecoutez plutôt la suite.

« Anno Domine 1999, le 5 septembre. Hubert Maxwell est devenu fou. Il a étranglé son épouse agonisante et... Hubert était un brave homme, un bon chrétien, assistant fidèlement à l'office... Il vient de se précipiter, tête baissée, contre le mur : son crâne a dû éclater... Il doit être mort, car je ne le vois plus bouger... Je ne puis plus me déplacer et suis cloué sur cette chaise. Mes jambes n'ont plus la force de me soutenir. Ma vue se trouble, par moments.

« Seigneur ! Seigneur !... Allez-vous donc ainsi détruire Votre œuvre ? Ces hommes, ces femmes, ces enfants... Mais êtes-vous certain que les humains ont mérité tous de périr dans de telles souffrances ? Leurs péchés sont sans nom, leurs crimes abominables mais... Seigneur, n'y en aurait-il donc aucun qui méritât Votre clémence ?

« Hubert Maxwell, toi, mon ami ! Pourquoi as-tu abrégé la vie de ta compagne ? Pourquoi as-tu mis fin à tes jours ? Tu n'avais pas le droit...

« Epreuves ! Epreuves !... La soif... Ma langue est gonflée ; mes lèvres, sèches, se craquellent et saignent. De l'eau ! S'il pouvait pleuvoir, une bonne pluie qui inonderait tout, dont s'imbiberait le sable et qui ruissellerait jusqu'à nous, ranimant les mourants et...

« Je viens de m'éveiller. J'ai la fièvre... Mes yeux me font souffrir... Seigneur ! écourtez les souffrances de ces malheureux dont j'entends les plaintes faiblissantes. Ma vue s'altère et je distingue à peine mon écriture... J'ai essayé de parler, d'exhorter ceux qui geignent, de les convier à prier avec moi, mais ma langue est sèche, enflée, douloureuse...

« Quelle folie me pousse à écrire ces lignes qu'aucun être humain ne lira jamais plus ?... Tu ne déferas point ce que Dieu a uni... Dans son aveuglement, l'homme n'a rien compris à ce commandement qu'il appliqua aux choses éphémères et futiles de sa propre existence. Erreur ! Monstrueuse erreur ! Tu ne déferas point ce que Dieu a uni ! Ce Grand Commandement, créatures bornées ! ne visait point les liens du mariage mais bien plutôt l'Œuvre-Mère de Dieu ! L'homme a défait cette Œuvre. Il a rompu l'édifice atomique et les forces du Mal ont été libérées... Il a violé la Grande Loi et, aujourd'hui, il doit subir son châtiment...

« Le merveilleux ruisseau qui jadis coulait à travers prés, non loin de la ferme paternelle. Je l'entends, je perçois son clapotis. Son eau est claire, fraîche, fraîche... De l'eau ! Si un avion... Mais non ; il y a bien longtemps que nous n'avons plus entendu le miaulement d'un réacteur. Nul aviateur ne viendra nous porter secours. Pourtant, nous devons être bien visibles, d'en haut, allongés dans l'herbe tendre de ce pré... Le ruisseau est si loin, si loin... Nous n'y parviendrons jamais...

« Deviendrais-je sourd ? Je n'entends plus les rares gémissements ? Tout s'obscurcit autour de moi. Suis-je le dernier survivant ? Cette odeur... cette odeur de cadavres en putréfaction est atroce...

« *Eli, Eli, lamma sabacthani !* (1)

« Il ne me reste que bien peu de temps à vivre, je le sens. Je n'y vois presque plus... Depuis combien de jours n'ai-je plus bu une seule goutte d'eau ?... Je vais prier une fois encore... Seigneur ! L'heure ne sonnera-t-elle donc pas bientôt ?

« Mes pauvres frères et sœurs ! Comme vous avez dû souffrir sur cette Terre devenue un enf...

Teddy Price demeura un instant silencieux, bouleversé par ce journal pathétique dépeignant sans fioriture l'agonie d'un groupe d'hommes, de femmes et d'enfants venus mourir en ce temple 226 années plus tôt.

— Le Révérend O'Malley est mort avant d'avoir pu achever ce mot qui ne peut être qu'*enfer.* Car nos ancêtres firent de la Terre un enfer... dont nous avons sous les yeux un lamentable échantillon.

« Allons-nous retrouver d'autres charniers analogues sur notre route ou dans les villes

(1) « Mon Dieu, mon Dieu, pourquoi m'avez-vous abandonné ? » (Hébreu), dernières paroles que Jésus prononça en expirant sur la croix.

que, plus tard, nous explorerons ? Je ne le pense pas. Ici, ces squelettes ont été conservés parce qu'un concours de circonstances — leur isolement dans une atmosphère absolument sèche les a soustraits à l'anéantissement total. Mais ailleurs, ceux qui moururent au-dehors ou dans des bâtiments non à l'abri des intempéries ou des variations du degré hygrométrique de l'air auront été réduits en poussière.

Silencieux, ils refirent en sens inverse le chemin parcouru pour émerger, par la lucarne, dans le sable du désert où leurs compagnons les attendaient. Le chef d'expédition jeta un dernier coup d'œil au journal rédigé par le pasteur O'Malley puis, du regard, il embrassa le paysage stérile de ces dunes et mamelons jaunâtres s'étirant à l'infini.

— Barrow Creek ! Cette ville gît maintenant sous nos pieds, enfouie sous plus de quinze mètres de sable. Le monde est devenu une immense sépulture. Des quatre milliards d'âmes qui la peuplaient, nous sommes les uniques survivants. Seuls les deux mille réfugiés de la Cité Noé — dont nous sommes les descendants, aujourd'hui au nombre de neuf mille — ont survécu à la Grande Catastrophe. Un cataclysme cosmique n'eût pas plus radicalement anéanti l'ancienne civilisation !

« Marquons cet endroit d'un nouveau jalon

et ne nous attardons pas davantage à ces vestiges ensevelis...

Un piquet de métal doté à son sommet d'un émetteur à impulsion fut attaché à la croix à l'aide d'une cordelette en nylon. A la croix fut également fixée une plaquette en matière plastique sur laquelle, à l'aide d'un stylo à encre indélébile pénétrant en profondeur la matière-support, ces mots furent écrits :

« Barrow Creek, ville ensevelie sous une tempête de sable en septembre 1999. Temple protestant recelant 359 squelettes ; mis à jour et visité le 29 mai 2225 par la première colonne d'émigrants de la Cité Noé. Teddy Price, Chef d'expédition. »

Les feuillets constituant le journal du Révérend O'Malley placés dans un compartiment du tableau de bord, le généticien redescendit de son camion pour rejoindre ses compagnons. Il les trouva encore plongés dans de sombres pensées. Cette macabre découverte avait déclenché en eux un malaise indéfinissable. L'attitude de Judith Lightgow était cependant différente et ne trahissait qu'une vive surprise. Perplexe, elle observa tous ses compagnons, fronça les sourcils d'étonnement et s'approcha du généticien :

— Je viens de faire une constatation intéressante, Ted, formula-t-elle mentalement. L'esprit de nos camarades, très préoccupés, devient opaque à tout sondage télépathique.

Essaie toi-même de déceler les pensées de ceux qui nous entourent...

— Je sais cela, Jud, répondit-il selon le même procédé. Tu as donc toi-même découvert le moyen auquel j'ai fait allusion pour dresser une barrière psychique d'isolement. En concentrant — volontairement ou machinalement — notre esprit sur un sujet particulier, un sujet grave, important ou impressionnant sur le plan affectif ou moral, un écran psychique se forme qui empêche les ondes télépathiques de parvenir jusqu'à notre cerveau. Nous vivons en ce moment un exemple typique de ce phénomène : nous avons tous été très impressionnés ou profondément émus par la mise à jour de ce temple où vinrent mourir tant de gens. Les trains de pensées graves découlant tout naturellement de cette découverte ont fait qu'involontairement notre esprit s'est fermé de lui-même, interdisant tout contact aux ondes télépathiques émises par un autre cerveau.

« Ces ondes ne peuvent donc correctement jouer leur rôle d'introspection que si le sujet visé est en état de réceptivité convenable, c'est-à-dire s'il ne pense qu'à des choses ne pouvant en aucun cas accaparer totalement son esprit. Voilà donc une base d'entraînement pour nos volontaires. Avant longtemps, Jud, toi et nos camarades derniers sortis de la Cité Noé serez parfaitement capables de concentrer spontanément votre esprit sur une pensée déterminée qui, ipso facto, engendrera un écran infranchissable. Votre intimité mentale sera alors sauvegardée.

CHAPITRE IV

Après avoir dormi dans leurs sacs de couchage au circuit électrique chauffant — les nuits étaient aussi froides dans cette steppe que dans le Grand Désert de sable — les « immunisés » plièrent leur maigre bagage individuel et réintégrèrent les camions.

La colonne s'ébranla à 6 h du matin, ayant déjà couvert plus de six cents kilomètres depuis son départ de la Cité Noé. Au désert de sable jaune et de pierraille avait succédé la steppe au sol aride et salé, parsemé de place en place de chétives touffes végétales mauves, épineuses, que Philip Sloan — le botaniste de l'expédition — examinait avec intérêt. Il profitait de chaque halte nécessitée par la pose des jalons signalisateurs hertziens pour prélever des échantillons destinés à son herbier.

Bien que fatigués par cette course dans une atmosphère irritante et surchauffée, les volontaires, vers midi, ne s'accordèrent qu'une demi-heure de répit pour déjeuner. Ils repartirent ensuite, roulant toujours vers l'est en se guidant à la boussole. Jusqu'alors, les cartes topographiques emportées ne leur avaient été d'aucun secours, nulle agglomération n'existant dans la portion du territoire Nord dont ils achevaient la traversée.

Peu à peu, la steppe se couvrait d'une flore anémique mais, déjà, plus serrée. Les touffes d'herbes épineuses se faisaient moins rares. Çà et là poussaient maintenant des arbrisseaux et des buissons, mauves à veines purpurines, qui déroutaient les connaissances botaniques de Philip Sloan.

Assise dans le premier camion à côté de Teddy Price, Judith Lightgow scrutait l'horizon à l'aide d'une paire de jumelles prismatiques. Au bout d'un moment, elle passa l'instrument à son compagnon et, se rapprochant tout contre lui, elle s'empara du volant pour lui permettre d'observer à son tour.

— La forêt intertropicale. Ouf ! Le paysage devenait monotone, soupira-t-il. L'on ne distingue pas grand-chose, pour l'instant ; une sorte de barrière mauve, noyée dans une brume tremblotante causée par l'évaporation de l'humidité du sol au-dessus de la limite de la steppe, beaucoup moins aride qu'ici. J'ai cependant l'impression qu'il n'y a pas de grands arbres, comme jadis les manuels de botanique l'enseignaient.

« Je vais questionner Sloan. J'aimerais avoir

son opinion sur les échantillons végétaux qu'il a pris au cours de nos haltes dans la steppe salée.

Il appela télépathiquement le botaniste au volant du second camion mais fut incapable d'accrocher son esprit. Plongé dans ses méditations et réflexions scientifiques, Sloan avait sans s'en rendre compte dressé un écran opaque aux ondes mentales d'autrui.

Ce fut sa compagne, la chimiste Loretta Gibson, qui, moins préoccupée, perçut la première l'appel télépathique du chef d'expédition.

— Phil, sourit-elle, Price essaye depuis un moment de vous contacter par télépathie...

Arraché à ses cogitations, le botaniste cilla et capta aussitôt le message du généticien :

— Votre écran psychique doit être blindé, Sloan ! Que pensez-vous des végétaux récoltés par vous dans la steppe ?

— Ils ne ressemblent en rien à ceux qui poussaient au même endroit avant la Grande Catastrophe. Les traités de botanique et de phytobiologie que j'ai ingurgités au cours de mes études n'offrent plus aucun intérêt pratique. Nous devrons, je le crains, presque tout réapprendre quant à la faune et à la flore de ce... nouveau monde.

« Outre le changement pigmentaire de ces végétaux rabougris, une modification du processus d'assimilation chlorophyllienne a également dû se produire. La fonction chlorophyllienne et les phénomènes de photosynthèse diffèrent probablement par certains points de ceux qu'on nous a enseignés.

— Nous apercevons au loin la ligne mauve de la forêt, projeta mentalement Teddy Price qui, parfois, ne pouvait s'empêcher d'accompagner ses émissions télépathiques d'un mouvement des lèvres machinal, tout comme s'il avait « murmuré » dans l'esprit de son « interlocuteur ».

— Ferons-nous une halte dans cette forêt ? s'enquit le botaniste. J'aimerais prélever d'autres spécimens.

— Certainement, Sloan. Il est indispensable que nous ayons une idée précise des modifications survenues dans la flore terrestre depuis la Grande Catastrophe. Il nous faudra surtout apprendre comment cette flore a pu s'accommoder du taux particulièrement élevé de la radioactivité ambiante. Les compteurs Geiger et les scintillateurs de nos tableaux de bord enregistrent une radioactivité moyenne de trois cent cinquante *roentgens* !

Une heure plus tard, alors qu'entrant dans la forêt la colonne s'engageait à travers des buissons épineux et des boqueteaux d'arbres mauves aux troncs et branches torturés, Teddy Price donna un brutal coup de frein et lança deux coups de klaxon pour faire stopper le convoi.

Il ouvrit la portière et abaissa son regard vers le sol. Dans une espèce de lichen noirâtre se déplaçait lentement une forme d'un mauve foncé.

— Harrelson ! Venez donc voir ça ! cria-t-il à l'intention du zoologue qui avait pris place à l'arrière du camion.

Gavin Harrelson, un blond au torse nu musculeux, sauta par-dessus la ridelle et s'approcha, suivant des yeux la direction qu'indiquait son chef. Il eut du mal à discerner la créature vivante dont le mimétisme la faisait se confondre avec la mousse et le lichen poussant entre les buissons.

Cela ressemblait vaguement à une limande dont le plus grand diamètre n'excédait pas quarante centimètres. Légèrement bombé, l'animal possédait une infinité de pattes de chaque côté de son corps épais d'environ cinq centimètres. Des écailles brillantes recouvraient son dos qu'une crête hérissée de piquants séparait en deux dans le sens de la longueur. Ses yeux n'étaient que deux fentes pratiquées en oblique au sommet d'une excroissance ovoïde à la crête.

— Cette créature ne répond à aucune espèce connue, avoua Gavin Harrelson. Tout au plus pourrait-on dire que sa peau écailleuse l'apparente à celle d'un saurien... Mais pour un lézard — si tant est que cet oiseau-là en soit un — il marche comme une tortue !

Le zoologue alla s'accroupir devant ce premier représentant de la faune de la forêt mais le chef d'expédition le sermonna aussitôt :

— Pas d'imprudence, Harrelson ! Ne vous tenez donc pas aussi près de cet animal...

— Inoffensif ou pas, il ne rattraperait pas un escargot, à la course !

Il obéit cependant et enjamba la créature qui avançait avec une lenteur désespérante. Au même instant, l'excroissance portant à son sommet les yeux en oblique se gonfla démesurément. Elle se contracta soudain et expulsa violemment en éventail un jet liquide vert qui fut projeté à cinq mètres en avant !

Harrelson jeta un cri de douleur et tomba derrière l'animal qu'il était en train d'enjamber. Une intolérable souffrance tenaillait les orteils de son pied gauche. Le jet liquide verdâtre avait littéralement brûlé la matière plastique de sa botte courte et attaqué les chairs !

Teddy Price retira vivement le pistolet placé dans un compartiment du tableau de bord et vida le chargeur sur la créature. Celle-ci se contorsionna, se tordit et finit par s'aplatir au sol comme une vessie qui se dégonfle. Autour d'elle s'étala une petite mare de liquide vert jaunâtre au contact duquel la mousse et le lichen se recroquevillèrent pour se dissoudre en un clin d'œil !

— Prenez vos armes ! ordonna Price en

sautant au sol pour porter secours au zoologue. Que personne ne descende des camions.

Il aida le blessé à se relever et, le maintenant d'une poigne solide, il le conduisit vers l'arrière du camion. Marchant à cloche-pied, l'imprudent zoologue soutenu par le généticien fut hissé à bord et allongé sur un sac de couchage hâtivement déroulé.

Conrad Decker, le médecin de l'expédition, retira doucement la botte et examina ses orteils sanguinolents.

— Mon vieux Gavin, marmonna-t-il en désinfectant préalablement les plaies, j'espère pour vous que ce liquide n'est point un venin toxique ! Nous n'avons pas le temps d'effectuer une analyse de cette sécrétion corrosive et je ne puis, dans ce cas, vous traiter avec certitude. Je vais vous inoculer un B.99. Jadis, cette préparation était le plus puissant antidote connu contre les morsures d'animaux venimeux.

Avec des gestes mesurés, il emplit une seringue hypodermique de 10 c/c et fit une injection à Gavin Harrelson auquel il annonça peu après :

— Je vais prendre votre place au volant. Si vous ressentez le moindre malaise, faites-moi prévenir par vos compagnons. Je dis bien : au moindre malaise, Gavin. Pas de blague, hein ? Ne jouez pas inutilement les stoïques si des symptômes quelconques se manifestaient.

— OK, toubib, grimaça le zoologue en lorgnant avec mauvaise humeur son pied bandé. Je vous ferai signe si ça ne va pas... Bon Dieu ! ragea-t-il. Aurait-on pu penser que cette bestiole amorphe était dotée d'un aussi puissant moyen d'attaque... ou de défense !

— Sa lenteur motrice était compensée par une rapidité foudroyante de riposte. Votre proximité a déclenché ses réflexes d'autodéfense et elle a expulsé un jet de liquide corrosif. Dans votre infortune, vous avez eu de la chance, Harrelson, conclut le médecin en examinant la botte dont l'extrémité avait été brûlée tout comme si on l'avait plongée dans de l'acide. Si le jet en éventail avait atteint une partie découverte de votre corps, vous auriez été probablement brûlé jusqu'à l'os... ou pis, encore !

— Certainement pire, Doc, renchérit Teddy Price qui contemplait avec effarement l'énorme pneu avant gauche de son camion. Regardez plutôt, conseilla-t-il au médecin venu le rejoindre.

La matière plastique spéciale, flexible et souple mais extrêmement robuste dont étaient faits les pneus était rongée jusqu'à une profondeur de cinq centimètres !

— Le jet verdâtre a heurté ce pneu de plein fouet et y a pratiqué une entaille où passeraient mes doigts ! Si le pneu n'avait pas été plein mais muni, comme jadis, d'une chambre à air, il aurait éclaté !

« Voyez, ici, sur le moyeu, la jante et, plus loin, sur le coffre à outils, ces profondes marques laissées dans le métal par le jet corrosif plus puissant encore que l'acide sulfurique !

— Harrelson l'a échappé belle ! opina le praticien. Directement touché, il eût été proprement amputé ! Cet animal d'aspect si inoffensif est un monstre redoutable. Néanmoins, les dégâts causés par lui à ce pneu et au métal tendent à prouver — a priori — que le liquide expulsé n'est qu'un acide extraordinairement puissant mais non un venin. A mon avis, notre imprudent ami s'en tirera avec des brûlures graves certes, mais sans intoxication.

— Je m'en réjouis, respira Teddy Price, toutefois, la présence de ces monstres cracheurs ne laisse rien présager de bon pour la route qu'il nous reste à parcourir à travers cette forêt de broussailles et d'arbrisseaux. La jungle intertropicale d'antan a disparu, avec sa faune relativement peu dangereuse, mais si elle a cédé la place à une végétation beaucoup moins luxuriante, sa faune actuelle nous a manifesté sa présence par un avertissement assez dramatique !

« En route, maintenant. Que chacun garde à portée une arme, pistolet ou carabine à répétition...

— Vous avez été bien inspiré, Price, en insistant auprès du professeur Eric Dahl pour que nous emportions avec nous cet armement qui, de prime abord, le fit sourire.

Deux coups de feu les firent subitement bondir sur le marche-pied du camion et s'emparer d'un Colt.

— Je l'ai eu ! cria Judith Lightgow en montrant du doigt l'une de ces créatures qui, une seconde plus tôt, rampait à cinq ou six mètres de là entre deux touffes de lichens.

Le médecin s'empressa de regagner le camion précédemment conduit par Harrelson et le convoi démarra.

L'imposante masse des camions à turbines et leurs très hautes roues leur permettaient de foncer impunément à travers les buissons. Seuls les arbrisseaux d'une certaine importance devaient être contournés.

Pendant plus d'une heure ils roulèrent ainsi, louvoyant tantôt à gauche, tantôt à droite pour éviter un bouquet d'arbres mais négligeant les buissons épineux — hauts parfois de plus de trois mètres — qui étaient proprement écrasés ou arrachés. Les pneus à dents en épis broyaient les tiges mauves, cassaient les épines dures comme du bois de tek et, de temps à autres, réduisaient en miettes des espèces de coquillages rouges, triangulaires, peuplant l'eau croupissante des mares de faible profondeur que les conducteurs ne prenaient même pas la peine de contourner.

La colonne déboucha dans une sorte de plaine uniquement tapissée de mousse et de lichens noirâtres qui s'étendait sur plusieurs kilomètres. Teddy Price, enchanté de pouvoir enfin suivre une ligne droite, en profita pour appuyer sur l'accélérateur, imité en cela par les autres conducteurs.

Lancés sur ce terrain plat à 150 km/h, les camions allaient pouvoir rattraper une partie du temps perdu. La ligne mauve de la forêt était encore loin, à plusieurs dizaines de kilomètres selon toute vraisemblance.

Judith replia la carte topographique plastifiée qu'elle venait de consulter et annonça :

— Si nous ne perdons pas trop de temps à la recherche d'un gué sur la rivière Georgina — qui doit se trouver à soixante-dix kilomètres droit devant nous approximativement — nous pouvons espérer atteindre Dajarra avant la nuit. En vérité, les cartes ne nous sont que d'une utilité relative quant à l'estimation des distances ; pour les évaluer nous ne disposons que de nos compteurs kilométriques. Tout comme jadis, la forêt intertropicale est dépourvue de repères.

Tout à coup, le généticien eut l'impression de voir le sol bouger à quelques kilomètres en avant. Il donna un bref coup de klaxon pour avertir les autres et ralentit.

— Prends les jumelles, Judy ! Il y a là-bas, devant nous, quelque chose qui remue...

La jeune électronicienne fit une rapide mise au point, écarquilla les yeux et proféra une exclamation :

— Le sol grouille de ces animaux-cracheurs, Ted ! Mais ceux-là sont gigantesques comparativement à celui qui blessa Harrelson. Je ne puis évaluer leurs dimensions mais, sans exagération, ils doivent bien mesurer... plusieurs mètres de diamètre ! Hauts d'environ quarante à cinquante centimètres, ils traversent la plaine en rangs serrés, rampant lentement du nord vers le sud-est.

« Je ne vois ni le début ni la fin de leur colonie très probablement migratrice...

Teddy Price lança immédiatement un message télépathique aux membres de l'expédition qui, les sens en éveil à la suite du coup de klaxon, perçurent distinctement les pensées de leur chef. Celui-ci, après leur avoir fait part de la présence des « cracheurs », décréta :

— Vous allez à mon signal vous mettre en ligne de front et encadrer mon camion ; ainsi placés, nous accélérerons plein gaz sur les « cracheurs ». Bénéficiant de l'effet de surprise et considérant la vitesse de nos engins, nous avons des chances de passer en les écrasant avant que les autres n'aient le temps de nous asperger de liquide corrosif.

Sans retard, les trois camions vinrent se

ranger de part et d'autre du chef de file et commencèrent à rouler à une vitesse synchronisée. Satisfait, le généticien ordonna sans plus tarder :

— Cramponnez-vous solidement et mettez toute la sauce !

Dans un grondement épouvantable tendant vers l'aigu, les camions à turbine s'élancèrent à travers la plaine. Par le voyant lumineux des compteurs de vitesse, les chiffres des tambours rotatifs défilaient à une cadence accélérée : 150, 180, 200, 230. Les tambours se stabilisèrent à la vitesse maxima de deux cent cinquante km/heure.

Les quatre bolides menant ce train d'enfer se ruèrent sur la colonne des monstres cracheurs qui, lentement, s'étirait sur les lichens noirâtres.

Les conducteurs, doigts crispés sur le volant, leurs compagnons, arc-boutés de leur mieux, tous serraient farouchement les dents.

A 250 km/heure les mastodontes de métal, hauts sur roues, percutèrent avec une violence inouïe la cohorte des redoutables créatures. Les premières touchées — larges de quatre mètres et épaisses d'environ soixante centimètres — furent catapultées en l'air et projetées au loin. Les autres furent broyées, éclatant avec un bruit sourd et « visqueux » sous les roues puissantes des véhicules lancés à tombeau ouvert.

Les premiers chocs furent terriblement brutaux ; les camions, catapultant, écrasant, crevant ou retournant les monstres tanguèrent dangereusement dans le magma verdâtre des victimes. Mais au bout de quelques dizaines de secondes seulement ils se retrouvèrent de nouveau sur le sol vierge où ils purent enfin rouler sans crainte.

— Nous sommes passés ! exulta Teddy Price. La colonne des cracheurs n'avait qu'une quarantaine de mètres de large.

Il jeta un coup d'œil à sa compagne dont le visage était d'une pâleur de cire. Elle parvint à esquisser un sourire timide mais désabusé qui précéda ces amères considérations :

— La liberté, cette liberté vers laquelle tendait tout notre être et qui vient de nous être accordée, nous soumet à de rudes épreuves ! Si c'est cela, l'école de la vie, nous allons devoir nous transformer en combattants perpétuellement sur le qui-vive... Cela implique automatiquement réflexes, courage, ténacité de tous les instants. Or, notre vie sédentaire et dépouillée de tout danger — sous le dôme de la Cité Noé — aura également amenuisé ces qualités maîtresses qui firent la force des pionniers de jadis.

— Le courage, nous l'avons ; les réflexes nous les verrons s'affiner rapidement sous l'aiguillon du danger ; quant à la ténacité, Jud, il ne dépend que de notre volonté d'en faire preuve. D'ailleurs, tu peux être assurée que nous serons bientôt tous à même d'égaler les pionniers auxquels tu faisais allusion.

« L'adversité, la nature hostile et les difficultés sans nombre qui nous attendent — et dont nous n'avons eu jusqu'à présent qu'un faible aperçu — vont nous aguerrir et nous forcer à prendre conscience de notre état de conquérants d'un nouveau monde. Le *struggle for life* commence pour nous et il se poursuivra encore pendant longtemps, pendant des générations peut-être, et de cette lutte nous sortirons vainqueurs... ou la race humaine disparaîtra définitivement de la surface de la Terre.

La végétation, à nouveau, se modifiait. La mousse et les lichens devenaient plus rares ; progressivement ils étaient remplacés par les broussailles, les buissons et les arbrisseaux de teinte mauve à veines rouges qui obligeaient les conducteurs à réduire considérablement la vitesse de leurs machines.

A 5 h de l'après-midi, les camions ayant repris leur position habituelle furent en vue de la rivière Georgina, coulant du nord au sud à travers le Queensland.

Le convoi stoppa et Teddy Price appela télépathiquement le docteur Conrad Decker.

— Afin de ne pas brûler inutilement du carburant à chercher au hasard un gué le long de la rivière, je vais rouler, seul, vers le nord en direction des sources. Si nous découvrons ce passage, vous prendrez la tête du convoi et viendrez nous rejoindre.

Après quelques instants de réflexion, il ajouta :

— En outre, cette première séparation va nous permettre de procéder à un test sur la portée de nos ondes télépathiques. Maintenez-vous en état de réceptivité durant notre absence. Je vous appellerai toutes les cinq minutes. De ce fait, lorsque ni l'un ni l'autre nous ne percevrons plus aucun message, nous saurons que nous aurons atteint ainsi la limite de portée des échanges psychiques et utiliserons alors les émetteurs-récepteurs des camions.

— Il est très important de connaître les frontières de notre sixième sens, approuva le médecin.

— En notre absence, enchaîna le généticien, interdiction de s'éloigner des véhicules. Restez groupés, armés, et n'hésitez pas à tirer sur tout ce qui bouge ! Appelez la Cité Noé et faites au professeur Dahl un rapport détaillé de notre progression vers l'est.

« Ne noircissez pas la situation, mais brossez un tableau exact de nos aventures. Il faut que nos camarades restés là-bas sachent exactement ce qui les attend et ce contre quoi ils devront lutter. La connaissance de ces dangers les incitera profitablement à un redoublement de prudence lorsqu'ils viendront nous rejoindre et passeront par où nous-mêmes sommes passés.

Il grimpa dans son camion, fit un signe amical de la main et, braquant sur la gauche, vira dans les broussailles pour prendre la direction du nord.

Au bout de cinq minutes de course le long de la rivière Georgina, le généticien concentra son esprit sur celui du médecin.

— Je perçois très nettement votre appel, Price, le renseigna Conrad Decker. Tout va bien.

— Parfait. Nous avons couvert une dizaine de kilomètres seulement car, en bordure de la Georgina, la végétation est assez dense. Je m'efforce évidemment de suivre au plus près la grève afin de repérer à la première occasion un passage à gué.

« Avez-vous observé une évolution quelconque dans la blessure de Gavin Harrelson, toubib ?...

Le chef d'expédition émit une seconde fois cette question mentale et, devant l'absence de réponse, il brancha l'émetteur-récepteur du tableau de bord. La liaison en phonie fut établie presque sur-le-champ.

— Price ? héla le médecin dans le haut-parleur. J'ai cessé de percevoir vos messages psychiques depuis une minute. Combien de kilomètres aviez-vous couverts, à ce moment-là ?

— Douze à treize environ, Doc. La portée de notre sixième sens est donc assez limitée, prononça le généticien en jetant machinalement un bref coup d'œil au microphone placé dans l'axe du volant.

— Nous sommes télépathes depuis si peu de temps, Price. Il n'est pas impossible qu'à l'instar de l'intelligence et de nos facultés de raisonnement, le sixième sens se développe progressivement. L'avenir nous le dira.

« J'ai cessé de percevoir vos pensées, tout à l'heure, au moment où vous alliez, je crois, me poser une question. Vous en souvenez-vous ?

— Oui, je vous ai demandé si notre blessé était dans un état stationnaire ou évolutif.

— Loretta Gibson, restée auprès de lui, vient de m'informer qu'il n'y a rien de nouveau. Gavin souffre, évidemment, mais une brûlure d'acide sulfurique l'aurait également fait souffrir. Je pense que si le jet du « cracheur » avait été toxique, notre ami aurait à cette heure rejoint un monde meilleur ! A moins que la toxicité éventuelle du jet verdâtre n'ait été efficacement combattue par l'injection du B.99 ?

« Ultérieurement, il nous faudra capturer l'un de ces « cracheurs » afin d'analyser son liquide défensif. Peut-être y trouverons-nous des éléments ou composés précieux dont nous nous servirons, plus tard, dans l'élaboration d'une pharmacopée nouvelle ?

La voix de Judith Lightgow résonna dans le haut-parleur de la cabine du camion occupé par le docteur Decker :

— Ted ! Voilà, je crois, un endroit praticable. Nos camions pourront sûrement le franchir à gué.

— Oui, confirma le généticien. Les cailloux affleurent l'eau et certains, plus gros, émergent même. La passe s'étend sur une centaine de mètres, d'une rive à l'autre. Nous allons essayer de passer…

— A mon tour de vous conseiller la prudence, Price, recommanda amicalement le médecin. Etes-vous sûrs que le niveau de l'eau ne noiera pas les moteurs ? Nos véhicules n'ont rien d'amphibie, vous le savez !

— Cet endroit est exactement celui que nous cherchions, toubib, sourit le généticien. La rivière, dans sa partie la plus profonde — entre deux bancs de galets — ne doit pas avoir plus d'un mètre d'eau. La hauteur de nos roues est donc amplement suffisante pour nous éviter de noyer les organes délicats.

« Nous passerons, mais nos démêlés avec les « cracheurs » et la recherche de ce gué — qui nous ont fait perdre deux heures — nous obligeront à dormir une fois encore dans la nature. Il serait trop risqué de vouloir atteindre Dajarra en roulant la nuit. Cet objectif que nous nous sommes fixé est encore à cent soixante-dix kilomètres environ à l'est de la rivière Georgina...

Il y eut un silence dans le haut-parleur. Le Dr Decker allait en demander le motif mais la voix du chef d'expédition reprit :

— Nous nous engageons présentement sur le lit de galets... L'eau arrive seulement aux moyeux... Nous effarouchons de gros poissons qui sillonnent le courant, bondissent au-dessus des larges pierres émergées et filent en flèche vers les eaux plus profondes.

— Non, Ted, rectifia la voix de Judith, les poissons décrivent les mêmes bonds désordonnés en amont de la Georgina, bien trop loin de notre camion pour qu'il ait pu les effrayer. Tous nagent ou bondissent hors de l'eau en venant vers nous qui traversons la rivière.

— C'est vrai, ces poissons paraissent bien nerveux !... Le gué semble praticable sur toute sa longueur, toubib. Vous pouvez prendre la tête du convoi et venir nous rejoindre. Vous trouverez le gué à une vingtaine de kilomètres plus au nord de votre position. Nous vous attendrons sur l'autre berge... Je coupe.

Tandis que le Dr Conrad Decker donnait l'ordre du départ, Teddy Price, au volant de son camion, arrivait au milieu de la rivière. Il roulait lentement mais avançait d'une façon régulière. Les poissons, de toutes dimensions et de formes variées, insolites parfois tels ces spécimens ventrus aux nageoires dorsales frangées, continuaient vers l'aval leurs sarabandes effrénées.

Brusquement, un événement inattendu fournit au chef d'expédition et à sa compagne l'explication de cette « débandade ». En amont, à un demi-kilomètre environ, une énorme créature noirâtre, luisante, longue d'environ six mètres et large de deux descendait la rivière en pataugeant et lançant autour d'elle des torrents d'écume.

Ses pattes de devant — les seules visibles — étaient à la fois palmées et griffues. Sa tête triangulaire se terminait par une espèce de bec phénoménal, aplati, semblable à une formidable spatule jaunâtre et boueuse. Ses yeux, bombés, paraissaient démesurément gros. Un pelage luisant recouvrait son corps difforme, épais et ventru. Sa panse baignait dans l'eau ou traînait sur le lit de galets.

— Mon Dieu ! Ted ! s'affola la jeune fille en s'emparant du fusil à balles. Voilà pourquoi les poissons descendaient la rivière en bandes effrayées ! Quelle est donc encore cette énorme créature ?

Ted n'accorda qu'un furtif regard à la bête géante qui s'avançait rapidement en pataugeant dans l'eau. Il concentrait son attention sur le courant, sur les passages praticables et ne pouvait s'attarder à contempler ce danger d'un nouveau genre mais non immédiat.

Les autres occupants du camion avaient eux

aussi aperçu l'animal géant. Robert Warmley, Reginald Burns et leurs compagnons s'étaient emparés de leurs fusils et revolvers et se tenaient prêts à faire feu.

L'animal n'était plus qu'à deux cents mètres. Il se traînait par petits soubresauts, enfouissait parfois son bec dans l'eau et le relevait, tenant plusieurs gros poissons qu'il faisait descendre gloutonnement dans sa gorge en rejetant en arrière sa tête triangulaire. L'on entendait maintenant son halètement entrecoupé de soufflements rauques.

Peu désireux de se trouver sur le passage du monstre, Teddy Price accéléra pour franchir les vingt derniers mètres d'eau peu profonde. Mais à moins de cinq mètres de la berge, les galets furent remplacés par de la boue et de la vase dans lesquels les roues avant s'enfoncèrent dangereusement.

Il stoppa net et fit marche arrière pour éviter l'enlisement. Après avoir reculé sur quelques mètres, il braqua et prit un virage assez serré pour remonter le cours de la rivière à un endroit où les cailloux affleuraient un « bras de terre » se prolongeant jusqu'à une grève.

A cet instant, l'énorme animal s'arrêta à cinquante mètres du véhicule, redressa son bec hors de l'eau puis, brusquement, il se dirigea droit sur le camion en franchissant le courant en diagonale. Le généticien appuya progressivement sur le champignon au milieu du virage.

Les pneus dérapèrent sur les galets dont certains furent projetés vers l'arrière mais le camion put, en cahotant, s'élancer vers la grève.

Excité par cette « proie » qui s'enfuyait, le gigantesque animal aquatique chargea par bonds dans un jaillissement d'écume. Son puissant bec spatulé heurta brutalement la ridelle arrière du véhicule.

Une salve de coups de feu répondit à l'attaque. Warmley et Burns venaient de vider les chargeurs de leurs fusils à répétition sur la tête de l'assaillant. Toutefois, les balles semblaient avoir glissé ou ricoché sur l'épais pelage noirâtre et luisant de la créature.

Un nouvel effort arracha le lourd camion au lit de la rivière et l'amena sur la berge en pente douce.

— Arrêtez-vous dès que vous serez en terrain plat, Price ! lança télépathiquement Robert Warmley. Le monstre nous poursuit et les cahots nous empêchent de viser correctement.

Quittant lui aussi la Georgina, l'animal s'avança sur la berge en se contorsionnant à la suite du camion. Ses halètements et chuintements rauques accompagnaient la reptation malhabile de son corps ventru. Derrière l'œil gauche, deux filets d'un sang jaunâtre tachaient son pelage noir. Il avait été touché et, rendu furieux par sa blessure, il s'élançait pesamment derrière cette « proie » d'un nouveau genre.

Teddy Price donna un coup de volant pour éviter in extremis un gros mamelon mais la terre s'affaissa brusquement à sa base heurtée par les roues avant. Il y eut un choc rude, un arrêt brutal du véhicule dont les roues avait glissé dans cet affaisscment de terrain.

Le mamelon croula alors dans sa totalité et de la terre — qui remuait curieusement — émergea par à-coups un énorme bec brunâtre qui se mit à agrandir fébrilement l'orifice dans lequel étaient venues s'enfoncer les roues avant du camion...

CHAPITRE V

L'effondrement du mamelon de terre provoqua un cratère duquel sortit, en soufflant bruyamment, une créature identique à celle qui s'acharnait à coups de bec contre l'arrière du camion.

Pris entre les deux monstres, les émigrants n'eurent d'autre ressource que celle de faire face à la double menace. A l'arrière, Robert Warmley et Reginald Burns, armés de leurs fusils, épaulèrent et attendirent le moment propice pour tirer. Leur attente fut de courte durée; profitant d'un recul de la bête qui prenait son élan pour charger, ils visèrent les yeux et tirèrent coup par coup...

Les yeux globuleux de la hideuse créature éclatèrent dans un jaillissement de liquide noirâtre et jaunâtre. Les balles, déchiquetant les orbites, étaient allé se loger dans son crâne. Son gros bec de canard phénomène s'ouvrit démesurément; sa langue rougeâtre garnie d'impressionnantes papilles gustatives s'agita, puis sa tête triangulaire retomba lourdement sur le sol. Son corps, plus volumineux que celui d'un hippopotame d'antan, fut secoué par des spasmes d'agonie pendant encore quelques secondes puis il cessa de remuer.

Dans la cabine avancée, Teddy Price et sa compagne, chacun penché à l'une des portières, mirent en joue l'autre animal et, avant qu'il ne se soit entièrement extirpé du trou béant, ils vidèrent leurs chargeurs dans ses gros yeux bombés.

Ce deuxième assaillant fut beaucoup plus coriace. Quoique sérieusement blessé, il parvint à se hisser hors du cratère et, la tête et le museau inondé du sang gluant de ses blessures, il rampa en se contorsionnant jusqu'à la portière droite.

Judith Lightgow, qui replaçait un chargeur dans le magasin de son arme, prit soudain conscience du danger et se recula précipitamment. Par la vitre baissée de la portière venait de surgir le gigantesque bec aplati de l'animal blessé.

Le généticien ouvrit prestement sa portière, sauta à terre et aida Judith à descendre à sa suite sur ce côté non exposé. Warmley et Burns sautèrent par-dessus la ridelle arrière et, prudemment, contournèrent le camion.

Le monstre, dos tourné, n'avait pas encore éventé leur présence. Or, pour ce qu'ils projetaient, il était indispensable de détourner son attention. Pour ce faire, ils soulevèrent une grosse pierre et la lancèrent sur le crâne de la bête. Effectivement, la réaction escomptée se produisit : l'animal abandonna l'espoir d'attaquer les conducteurs.

Les yeux crevés, il agita encore furieusement son bec par la fenêtre de la portière, poussa une sorte de feulement âpre et se laissa retomber sur la terre meuble pour, au hasard, se diriger vers l'arrière.

Cette manœuvre de diversion avait permis aux trois hommes et à la jeune fille de se regrouper pour aller se poster à l'affût derrière un épais buisson. De leur poste, ils virent s'avancer le monstre, bec dressé, humant l'air pour repérer l'emplacement des humains qu'il ne pouvait plus voir. Une quadruple salve crépita et l'atteignit directement dans les orbites. Touché à mort, l'animal eut un soubresaut et laissa retomber sa tête lourdement.

Par mesure de prudence, les chasseurs improvisés patientèrent encore quelques instants puis, le retour d'une attaque n'étant plus à craindre, ils s'approchèrent du monstrueux cadavre gisant à l'arrière du camion.

— Cette fois, sans le concours de notre zoologue, il nous est facile d'identifier cet animal, souffla le généticien en s'épongeant le front.

— C'est un ornithorynque, n'est-ce pas ? Je l'ai reconnu, en dépit de certaines différences morphologiques et, surtout, de sa taille vingt à trente fois supérieure à celle de ses ancêtres qui peuplaient les rivières et les marais d'Australie, avant la Grande Catastrophe.

— Exactement, Judy, confirma Teddy Price. Par quel miraculeux phénomène l'ornithorynque de jadis, cet inoffensif mammifère de l'ordre des Monotrèmes, au museau en forme de bec de canard, a-t-il pu s'adapter aux nouvelles conditions de vie engendrées par les radiations ? La physiologie et le métabolisme de ses ancêtres se sont donc accommodés de la formidable augmentation du degré radioactif du sol et de l'atmosphère. Une série de mutations a dû intervenir — depuis l'espèce primitive — pour aboutir à ce spécimen tératogénique au gigantisme ahurissant.

Ils allèrent examiner le mamelon défoncé par les roues avant du véhicule et constatèrent qu'il s'agissait d'un terrier géant.

— Si la taille des ornithorynques a considérablement augmenté de volume, ce mamelon effondré nous prouve par contre que leurs mœurs, elles, n'ont pas changé, expliqua le généticien. En effet, ces mammifères creusent aujourd'hui encore un terrier garni de joncs et de mousse dont la bouche d'accès prend naissance sous l'eau, à la base d'une rivière ou d'un fleuve tranquilles de préférence. Le souterrain remonte jusqu'à une certaine distance à l'intérieur des terres, puis il bifurque en deux branches qui se rejoignent dans une « chambre principale » où la femelle pond deux œufs et élève ensuite ses petits.

« C'est la partie supérieure d'une de ces chambres principales — aux proportions gigantesques, ici — que nous avons accidentellement démolie. Rendue furieuse par les dégâts causés à son abri, la femelle a pu se dégager et sortir pour venir nous attaquer.

— D'abord les cracheurs et, maintenant, les ornithorynques ! soupira comiquement la jeune électronicienne. Qu'allons-nous rencontrer, par la suite ? Des kangourous supergéants ou bien des lapins éléphantesques !

Un grondement naissant de turbines les fit se retourner. Au loin, vers le sud, apparaissaient les trois camions qui, sous la direction du Dr Conrad Decker, remontaient vers le nord en suivant au plus près selon la configuration du terrain les méandres de la Georgina.

Teddy Price établit le contact télépathique avec le médecin et lui donna au fur et à mesure les conseils devant lui permettre d'emprunter le gué sans anicroche. Il remonta ensuite dans son propre véhicule afin de dégager le passage de la berge. Un nouveau message psychique du Dr Decker parvint à son esprit :

— Vous semblez avoir eu maille à partir avec de nouveaux spécimens de la faune mutante, Price. Que sont donc ces bestioles bedonnantes affalées sur la berge ?

— Des ornithorynques atteints de gigantisme dont la vue basse nous fit prendre sans doute pour une proie comestible ! Ils nous ont attaqués et nous avons été contraints de les abattre. Tout s'est fort bien passé...

— Vous êtes cynique dans vos oraisons funèbres ! remarqua mentalement le médecin. En somme, l'endroit est assez malsain. Avec de tels voisins, nous ferions bien de chercher un autre coin, tranquille cette fois, pour y passer la nuit.

— C'est aussi mon avis, opina le généticien qui démarra, suivi par le convoi ayant sans encombre traversé le gué. Nous nous efforcerons de trouver une clairière pour bivouaquer. Cependant, il est déjà six heures et nous n'avons plus qu'environ deux heures pour découvrir un emplacement convenable. Si la nuit nous surprend dans la forêt, nous serons forcés de monter une garde beaucoup plus vigilante encore qu'en terrain découvert où l'on peut plus aisément voir venir une attaque.

« Vous ne m'avez rien dit de notre blessé. Comment se comporte-t-il ?

— Il est de fort mauvaise humeur, pestant contre son imprudence — qui l'oblige à l'inaction — et rageant de devoir rester allongé alors que tant de travail nous attend. A part cela, il s'en tirera sans trop de mal.

La colonne avançait assez lentement dans la forêt, gênée dans sa progression par les touffes de hauts buissons mauves et les troncs épineux des arbrisseaux. Ceux-ci, poussant par groupes de six à huit, constituaient autant d'obstacles obligeant à un détour.

Vers 8 h du soir, les immunisés atteignirent non point une clairière mais une aire assez dégagée, pauvre en buissons et entourée de grands arbres aux branches curieusement emmêlées et portant d'énormes excroissances en forme d'amphores disposées irrégulièrement. Çà et là, de l'enchevêtrement, s'étirait une branche maîtresse, dénudée, droite et bien perpendiculaire au tronc. Des floraisons d'un mauve phosphorescent descendaient en frange de la cime jusqu'aux branches les plus basses et portaient des fruits bleutés irradiant également dans le déclin du jour une phosphorescence véritablement insolite.

Le chef d'expédition mit pied à terre et réunit autour de lui les membres de ce premier contingent d'émigrés en vue de leur renouveler ces conseils de prudence :

— Nous sommes à seulement une centaine de kilomètres de Dajarra, mais il serait téméraire de vouloir l'atteindre en roulant dans l'obscurité. Non seulement nous perdrions du temps à chercher des passages dégagés à la lueur des phares mais nous courrions aussi le risque de nous fourvoyer dans les marais. Cet espace buissonneux entouré d'arbres, s'il n'offre pas tout à fait l'avantage d'une clairière nue, nous permettra cependant de surveiller sans trop de difficulté la forêt broussailleuse qui nous cerne.

« Naturellement, interdiction rigoureuse d'abandonner le camp. Ne vous éloignez pas à plus de dix mètres des camions. En aucun cas n'abandonnez vos armes. Restez groupés. Même dans ce périmètre restreint, reconnaissez au préalable minutieusement le terrain si vous désirez... vous isoler.

« Nous établirons un tour de garde à raison de deux veilleurs — hommes ou femmes — par véhicule. Avant de prendre notre repas, dégageons un espace de huit mètres de diamètre et entassons-y des branchages et broussailles pour faire un grand feu. Ceux qui ne seront pas de garde dormiront soit autour de ce feu, soit dans les camions, mais non ailleurs.

Conscients du bien-fondé de ces consignes avisées, les volontaires, munis de pelles, de faux à lame pliante et de scies ultra-soniques portatives, s'en allèrent à l'ouvrage.

En moins d'une demi-heure, entre les quatre véhicules disposés en carré à quinze mètres l'un de l'autre, les broussailles et buissons furent sectionnés, arrachés et entassés en un gigantesque bûcher.

De par sa forme, la scie ultra-sonique s'apparentait à un énorme revolver, un revolver dont le canon aurait craché — avec un simple bourdonnement — un faisceau d'ultra-sons.

Les hommes pourvus de cet instrument découpaient les troncs des arbrisseaux avec une facilité déconcertante. Non moins facilement, ils les débitaient ensuite en tronçons d'un mètre qui allaient alimenter le feu de camp prêt à être amorcé par l'entassement de broussailles.

Ce travail accompli, ceux qui décidèrent de dormir près du feu vinrent déposer leur paquetage autour du bûcher — non encore allumé — et à une distance convenable pour ne pas devoir s'en éloigner ensuite à cause de la chaleur.

Les rations alimentaires concentrées furent distribuées, les tours de garde répartis selon un horaire précis et, enfin, chaque membre du convoi d'émigrants reçut une arme — revolver ou fusil — qu'il devait conserver en permanence à portée de la main.

Le feu de camp fut allumé. Bientôt, avec des gerbes d'étincelles, les flammes s'élevèrent et se tordirent, crépitant et dansant dans la nuit en répandant une curieuse odeur douceâtre, très agréable. Les émigrants, commençant alors à manger, n'en furent nullement incommodés.

Le repas — on ne peut plus frugal puisqu'il se composait uniquement de tablettes, savoureuses, d'aliments concentrés — fut promptement expédié. A contrecœur l'on dut se contenter de l'eau tiède des gourdes, la recherche d'une source fraîche — et potable surtout — aurait exigé trop de temps.

Les fatigues du voyage, les péripéties de la journée contribuèrent à plonger rapidement les émigrants dans un sommeil réparateur. Une demi-heure après le repas, tous, à l'exception des veilleurs, s'étaient endormis dans les sacs de couchage.

Teddy Price et Judith Lightgow assuraient le premier tour de garde. Le dos tourné au feu, assis côte à côte près de leurs sacs de couchage, leurs fusils à terre à portée de la main, ils bavardaient à mi-voix pour ne pas troubler le repos de leurs camarades. A chaque camion, deux hommes veillaient.

Les hautes flammes du bûcher projetaient alentour les ombres mouvantes des êtres et des choses. Les veilleurs savouraient avec une sorte de griserie la délicieuse odeur composite émanant du bûcher surchargé de broussailles, de plantes et de bois d'essences diverses.

Les paupières de Judith s'alourdissaient et elle devait faire des efforts pour garder les yeux ouverts. De son côté, Price luttait contre une forte envie de dormir. Ils ne parlaient plus que par monosyllabes et leurs têtes, fréquemment, s'inclinaient sur leurs poitrines. Dans un sursaut de volonté, le généticien secoua la tête, se leva en bâillant puis, tapotant la joue de sa compagne qui s'était endormie, il chuchota :

— Jud..., Jud. Tu dors, mon petit. Nous faisons de bien piètres veilleurs !

Elle leva vers lui des yeux hagards, poussa un profond soupir et, prenant la main qu'il lui tendait, elle se releva en bâillant elle aussi.

— Nous allons faire quelques pas, Jud, cela nous tiendra éveillés.

— Si tu veux, Ted, chuinta-t-elle paresseusement.

Elle ferma les yeux et, presque inconsciemment, se laissa aller sur la poitrine du généticien en bredouillant d'une voix à peine distincte :

— Comme j'ai... sommeil, Ted... terriblement som...

Sa tête retomba contre la joue de Teddy Price et son corps, sans résistance, s'affaissa lentement. Le chef d'expédition, le regard trouble, dut lutter farouchement pour surmonter la torpeur qui l'envahissait. Il parvint au prix d'un pénible effort à soutenir la jeune fille et, la portant à demi, il fit quelques pas. Une chaleur intolérable lui fit soudain prendre conscience qu'ils marchaient droit vers le bûcher ! Il eut le courage de faire demi-tour pour s'éloigner en titubant.

Sans réactions conscientes, Judith Lightgow se laissait traîner, posant maladroitement un pied devant l'autre et trébuchant à chaque pas. Le généticien, les yeux douloureux à force de plisser puis relever — difficilement — les paupières pour vaincre l'irrésistible somnolence qui s'était emparée de lui, s'en allait au hasard. Soutenant du mieux qu'il le pouvait la jeune électronicienne, il butait parfois sur une racine et tombait à genoux mais parvenait cependant à éviter à sa compagne une chute brutale. S'appuyant contre un tronc d'arbrisseau, il se relevait, soulevait son précieux fardeau et reprenait sa marche hésitante et quasi somnambulique.

Une torpeur envahissante faisait naître dans son esprit des pensées floues mais apaisantes. Ayant atteint les limites de sa résistance à l'assoupissement, il chancela une dernière fois et s'effondra avec Judith Lightgow sur un tapis de mousse noire et de lichens irradiant une phosphorescence verdâtre.

***

Lorsque le chef d'expédition se réveilla, un détail le choqua avant même qu'il ait repris complètement ses esprits : le jour se levait. Un coin de ciel bleu-mauve apparaissait entre la cime des grands arbres qui dressait leurs troncs au-dessus de sa tête.

Allongé sur le dos, Ted fronça les sourcils, cherchant à se rappeler qui l'avait relevé pour prendre le second tour de garde. Ce souvenir refusa de surgir de sa mémoire. Avant de se lever, il s'étira en bâillant mais son bâillement resta inachevé : sa main gauche venait de rencontrer le visage de Judith. D'abord surpris, il s'assit ensuite sur son séant pour secouer l'épaule de la jeune fille. Ce fut en s'asseyant qu'il réalisa soudain l'aspect inusité du décor environnant.

— Jud ! s'écria-t-il, effaré, en se dressant d'un bond.

Réveillée en sursaut, la jeune fille s'assit et promena autour d'elle un regard apeuré.

— Jud, répéta le généticien. Que faisons-nous si loin du camp ?... Bonté divine ! Où sont passés nos fusils ?...

Les souvenirs envahirent brusquement son esprit : assurant le premier tour de garde, ils avaient décidé de marcher un peu pour lutter contre une étrange somnolence. Ils s'étaient trop éloignés du feu et, vaincus par le sommeil, avaient passé la nuit hors du camp sur lequel ils avaient pour mission de veiller !

Affolés, ils traversèrent la portion de forêt dans laquelle ils s'étaient, la veille, fourvoyés et coururent vers le camp. Mais à une cinquantaine de mètres de ce dernier lorsqu'à travers le rideau d'arbres ils distinguèrent les camions, un spectacle hallucinant les cloua sur place.

Une foule de créatures hideuses, de la taille d'un homme et au corps simiesque déambulaient ou sautillaient d'un dormeur à l'autre, car les émigrants dormaient encore paisiblement, inconscients du danger. Une épaisse membrane, velue comme leur corps, reliait les bras aux jambes de ces pseudo-chauves-souris à station droite. Certaines se promenaient par bonds sur les camions. D'autres, les bras le long du corps, prenaient leur élan, couraient de plus en plus vite puis, déployant brusquement leur membrane en écartant leurs membres supérieurs, elles décrivaient à six ou huit mètres du sol un élégant vol plané de plus de cent mètres à travers, l'espace découvert.

Leur tête, museau pointu, s'apparentait à celle du renard. Leurs gros yeux, vifs et intelligents, s'ouvraient et se refermaient avec un étonnement manifeste à la vue des humains profondément endormis dans leurs sacs de couchage.

Personne ne montait la garde !

Le camp était à la merci de ces extraordinaires créatures aux grosses oreilles pointues et velues, aux yeux fureteurs et aux mains griffues.

Teddy Price et Judith s'étaient prestement jetés à plat ventre. Une sourde angoisse les tenaillait : sans armes, tous leurs compagnons plongés dans le sommeil , ils ne savaient que faire pour chasser ces animaux d'aspect si effrayant. Ceux-ci paraissaient se sentir parfaitement chez eux, aussi bien sur les camions qu'à proximité des humains endormis.

L'un de ces êtres aux membranes déployées s'approcha avec circonspection de la chimiste

Loretta Gibson, reposant dans son sac de couchage, proche de Gavin Harrelson, et se pencha sur elle.

Teddy Price, horriblement inquiet, examina le sol autour de lui et remarqua le tronc d'un arbrisseau coupé à la scie ultra-sonique mais oublié la veille par l'un des volontaires. Il s'en empara et, conseillant à Judith de rester prudemment à plat ventre, il rampa en direction de la créature qui venait de s'accroupir auprès de la chimiste.

Ignorant la consigne reçue, l'électronicienne suivit le généticien qui rampait silencieusement vers le camp. En procédant ainsi, il espérait pouvoir se glisser sous le plus proche camion de l'autre côté duquel dormait un homme avec, près de lui, son fusil.

Certaines de ces pseudo-chauves-souris géantes avaient replié leur membrane, bras croisés sur leur torse velu, elles semblaient drapées dans un ample manteau de fourrure soyeuse. Immobiles, attentives, elles faisaient cercle autour de leur congénère accroupi. Ce dernier, après plusieurs tentatives avortées pour toucher le visage de Loretta Gibson, se décida enfin à y porter sa patte supérieure droite aux griffes rétractées.

Le cœur de Teddy Price bondit dans sa poitrine et ses joues devinrent exsangues. Il ferma les yeux, persuadé que l'ignoble animal égorgeait la jeune fille. Mais n'entendant aucun cri ou hurlement, il ouvrit les yeux et, sidéré, constata que la créature se contentait de palper le visage, les cheveux et les oreilles de la chimiste toujours bien endormie.

Un léger craquement au-dessus de lui le glaça d'effroi. Serrant convulsivement le long bâton dont il s'était muni, il aperçut alors deux autres créatures juchées sur une branche qui grignotaient paisiblement un fruit bleuté. Du haut de leur perchoir, elles suivaient avec grand intérêt la reptation silencieuse du généticien à plat ventre dans la mousse. Leurs regards allaient de lui à sa compagne qui, elle, n'avait encore rien remarqué.

Cette constatation le stupéfia : ainsi, depuis un quart d'heure, ses efforts, ses ruses pour se rapprocher « subrepticement » du camp « investi » n'avaient servi à rien. Les monstres l'épiaient à son insu, certes, mais ils n'avaient toutefois rien tenté contre la jeune fille et lui-même.

L'électronicienne, au bout d'un moment, s'étonna de ne plus percevoir les pensées de son compagnon. Sans doute étaient-elles intensivement concentrées sur leur dramatique situation présente et engendraient-elles par ce fait même un écran opaque aux ondes télépathiques ? Elle suivit alors son regard et leva les yeux. Ses lèvres se mirent à trembler et, blêmissant tout à coup, elle jeta un cri étouffé en se rapprochant vivement de Ted.

A ce cri, parfaitement distinct dans le silence matinal de cette zone découverte, toutes les créatures se retournèrent. Membres curieusement écartés, elles déployaient largement leurs membranes latérales et roulaient des yeux inquiets vers le généticien et la jeune fille, toujours à plat ventre et pétrifiés d'effroi.

Par bonds de cinq mètres, les pseudo-chauves-souris s'élancèrent vers eux et firent cercle pour les observer avec une intense curiosité.

Imité par Judith, Ted se mit debout sans brusquerie, gardant dans ses mains le long bâton, prêt à défendre farouchement la vie de sa compagne.

La station droite des humains semblait frapper de stupeur ces créatures. N'ayant vu que des corps endormis sur le sol, peut-être les imaginaient-ils incapables de se déplacer autrement qu'en rampant ? Leur attitude surprise — leur faciès avait des expressions presque humaines — semblait accréditer cette hypothèse dans l'esprit du généticien.

— Jud, émit-il mentalement, nous avons une chance de nous en sortir en conservant notre sang-froid. Ces êtres ne nous ont peut-être pas encore attaqués parce qu'ils ignorent exactement nos moyens de défense. Marchons avec calme mais résolument vers eux. Effrayés, ne déguerpiront-ils pas devant nous ? Il nous faut à tout prix parvenir à nos armes.

Il s'avança lentement, pas à pas, tenant

fermement son bâton, prêt à le soulever et à s'en servir comme d'une massue mais il n'eut pas à subir le moindre geste d'hostilité. Les créatures à « ailes » membraneuses s'écartèrent pour le laisser passer avec, sur ses talons, la jeune fille incapable de maîtriser un tremblement de tous ses membres.

Ils atteignirent le camp, se baissèrent doucement l'un après l'autre pour ramasser les premiers fusils aperçus et firent volte-face, le doigt sur la détente. Leurs mains étaient moites et leur front se couvrait d'une couche de sueur d'angoisse. Quant aux pseudo-chauves-souris, elles les avaient suivis paisiblement et s'étaient arrêtées à une dizaine de mètres des camions. Leurs yeux fureteurs les observaient attentivement.

Du pied, Ted secoua le sac de couchage du Dr Decker. Il dut s'y prendre à trois reprises avant d'arracher un grognement et un soupir au dormeur. Celui-ci ouvrit enfin les yeux, cilla et mit un moment avant de reprendre tout à fait conscience. Il examina avec perplexité le généticien et sa compagne, dos tourné et debout, leurs talons touchant la toile de son sac de couchage. Tournant un peu la tête de côté il aperçut, visible entre les jambes de son chef, la cohorte des étranges créatures velues. Ce spectacle suffit à chasser en lui les dernières brumes du sommeil. En un tournemain, il s'extirpa de son sac, se mit debout mais perdit l'équilibre et retomba à genoux. Il se redressa d'un bond et, positivement affolé, lança à tue-tête :

— Aux armes ! Aux armes !

Il allait de l'un à l'autre des dormeurs, les secouait rudement, poussait des clameurs en les incitant au combat. Sa surexcitation était telle que les ondes télépathiques de son chef ne parvinrent point à franchir le barrage psychique de son cerveau. Teddy Price se vit donc contraint de crier pour arrêter ce débordement qui menaçait de déchaîner une panique générale :

— Du calme, toubib ! Que chacun reste où il est !

Un flottement se produisit chez les émigrants réveillés en sursaut et qui, déconcertés, s'interrogeaient sur la conduite à suivre en présence de ces extraodinaires animaux d'aspect effrayant. Profitant de ce moment d'apaisement, Ted projeta aussitôt un message télépathique dans l'esprit de chacun :

— Voilà plus d'une heure que ces créatures déambulent tranquillement dans le camp et ce sans faire montre à notre égard de la moindre animosité... Restez calmes. Prenez vos armes mais ne tirez que si véritablement le danger se précise. A priori, ces créatures ne semblent pas désireuses de nous attaquer.

Le zoologue Gavin Harrelson, aidé par Burns et Loretta Gibson, se mit debout et s'appuya contre la ridelle du premier camion. Abasourdi, il s'exclama en clignant des yeux :

— Des pétauroïdes volants !

— Des quoi... ? questionna Judith en fronçant les sourcils.

— Des pétauroïdes, répéta-t-il. Ce sont des marsupiaux du groupe des Phalangers propres à notre pays et à la Malaisie. Mais ces rejetons-là atteignent une taille triple de celle de leurs ancêtres, animaux gracieux, habiles aux vols planés de branche en branche et couvrant parfois des distances prodigieuses eu égard à ce mode de vol aux possibilités limitées. Ils sont inoffensifs et... végétariens, si cela peut vous tranquilliser.

— Vous parlez de leurs ancêtres, Gavin, mais pour ce qui est de leur descendance, vous n'en savez pas plus que nous, objecta Judith.

— Ne les mettons pas à l'épreuve pour savoir si, oui ou non, ils sont capables de férocité ! dit le généticien. Levons le camp et partons...

Les émigrants obtempérèrent et entreprirent de plier bagage sous les regards véritablement passionnés des pétauroïdes géants. Ceux-ci commençaient à se rapprocher de leur démarche curieuse en laissant le bas de leurs membranes latérales traîner sur le sol.

Teddy Price achevait de rouler son sac de couchage lorsque, tout à coup, il se jeta à plat ventre en criant avec affolement :

— Attention !

Les autres suivirent spontanément son exemple et, déjà l'arme au poing, cherchèrent à déterminer la cause de cette alerte. Ils ne tardèrent pas en avoir l'explication. Enhardi par l'apparente passivité des humains, l'un des pétauroïdes qui s'étaient approchés venait tout simplement de ramasser près d'un camion une scie ultra-sonique. Ces instruments avaient été alignés la veille le long des véhicules mais, dans l'état d'extrême lassitude où s'étaient trouvés les émigrants, ils avaient été laissés sur le sol.

Le marsupial, perplexe, tournait et, retournait la scie entre ses mains griffues. Puis il la saisit par le canon et vint timidement la déposer dans la mousse, à cinquante centimètres à peine du visage de Ted, plaqué au sol et le fusil prêt à tirer. Pendant quelques secondes, le généticien avait cessé de respirer !

Maintenant, le pétauroïde venait de s'accroupir, assis sur ses pattes postérieures, ses membranes latérales plissées en accordéon le long de son corps velu. Il poussa de petits cris et attendit.

Décontenancé mais grandement soulagé, Price attrapa prestement la scie ultra-sonique et, se levant en reculant de quelques pas, il la passa à Burns :

— Casez toutes ces scies à leur place et veillez à ce que ces... ces bipèdes effrontés ne s'en emparent plus. Si celui-ci avait par mégarde mis le contact, le flux d'ultra-sons l'aurait tué net... à moins que, dirigé vers nous, il ne nous ait tout bonnement découpés en tranches !

Rendu furieux par l'imprudence inconsciente de l'animal et maintenant à peu près rassuré sur son caractère paisible, Ted ne put s'empêcher de lui lancer un retentissant : « Crétin ! » qui le laissa d'ailleurs parfaitement indifférent.

Les membres de l'expédition s'affairaient à ranger dans les camions les sacs de couchage et le matériel qui en avaient été sortis la veille. Par esprit d'imitation, probablement, les pétauroïdes se mirent en devoir d'aider les émigrants ! Ils envahirent le camp, ramassèrent tout ce qui, à leurs yeux, pouvait offrir un intérêt et, se bousculant sans vergogne, ils passèrent, très occupés, entre les hommes et les femmes — assez alarmées — pour aller déverser leurs trouvailles par-dessus les ridelles des camions.

— Mais regardez-les ! Regardez-les faire ! vociféra le chef d'expédition. Faites-les courir ! Chassez-les ! Ils vont submerger notre matériel de pierres, de touffes de mousse ou de morceau de bois !

Frappant des mains, agitant les bras et leur jetant des invectives, les immunisés s'efforcèrent d'éloigner les marsupiaux ailés. Ils n'obtinrent pour tout résultat que de se voir singer par ces étonnantes créatures ! Agitant à leur tour leurs membres supérieurs et faisant curieusement onduler leurs membranes latérales, elles s'évertuaient à produire un bruit de claquement en ramenant gauchement leurs « mains » l'une contre l'autre.

Les pierres, morceaux de bois et touffes de mousse furent rejetés par-dessus bord et l'on acheva, non sans peine, de rentrer tout ce qui devait l'être. A plusieurs reprises, les hommes durent donner une bourrade aux pétauroïdes qui entravaient consciencieusement et avec la meilleure volonté du monde leurs efforts de rangement !

Lorsque tout fut mis en ordre, une idée — évidente — s'imposa à l'esprit du généticien.

— Conrad, avez-vous bien dormi ? s'informa-t-il auprès du médecin.

— Comme un loir, Ted. Pourquoi ?... Bon Dieu ! fit-il subitement, ahuri. Je... je ne vous ai pas relevé, cette nuit ! Mais, pourquoi ne m'avez-vous pas réveillé lorsque mon tour vint de prendre la garde ?

— Parce que je dormais moi-même comme un loir, toubib ! Je comprends enfin ce qui a dû se passer. Vous souvenez-vous de la première impression éprouvée, hier soir, sitôt le grand feu de camp allumé ?

— Oui, je crois que tout le monde a connu une sensation de bien-être, due sans doute à l'agréable odeur douceâtre des végétaux qui brûlaient dans le...

— Exactement, coupa le chef d'expédition en inclinant la tête. Certains végétaux — broussailles, troncs d'arbres et arbrisseaux ou mousse — dont nous fîmes ce bûcher, devaient contenir un suc aux propriétés soporifiques ! Libérés par la combustion sous forme de vapeur ou de gaz, ces alcaloïdes nous ont tous plongés dans un profond sommeil... Et si, au lieu de marsupiaux inoffensifs, nous avions reçu la visite d'animaux carnivores, il ne fait guère de doute qu'aujourd'hui la faible population terrestre aurait perdu trente de ses précieux représentants ! Terrassés par les vapeurs anesthésiantes, nous aurions été mis en pièces sans pouvoir opposer la moindre résistance.

« Oh, Merde ! sacra-t-il soudain en repoussant avec humeur un pétauroïde qui lui tendait une énorme pierre en espérant probablement lui faire plaisir.

Mais l'irritation du généticien fut de courte durée. Un sourire rayonnant détendit son visage et ce fut d'une voix gaie qu'il prit à témoin le médecin :

— Voyez donc avec quelle aisance cet animal souleva et, maintenant, tient cette pierre qui doit bien peser cinquante livres !

— Je le vois, Price. Où voulez-vous en venir ?

— A ceci, toubib ! Si nous pouvions les... apprivoiser — ce qui me paraît assez facile — nous parviendrions sûrement à les utiliser comme « manœuvres », par exemple. Ils nous rendraient alors de grands services, soit pour transporter des matériaux d'un chantier à l'autre, soit pour effectuer de menues besognes qui, accomplies par nous, se solderaient par une perte de temps appréciable.

— Eh ! ma foi ! Pourquoi pas ? opina le médecin, séduit par cette perspective.

— Montez tous dans les camions, ordonna le généticien à l'adresse de ses compagnons.

Puis, prenant doucement la patte de l'animal qui depuis un moment se tenait debout auprès de lui, il l'entraîna, docile et intrigué. Ted pénétra dans la cabine de son camion, referma la portière et, par la fenêtre, tendit la main au marsupial. Ce dernier la saisit entre ses doigts souples — griffes rentrées — et se laissa tirer. Il finit par comprendre la signification de ce geste et grimpa sur le marchepied. Après quelques tâtonnements, il trouva deux points d'appui et se cramponna d'une main au rétroviseur, de l'autre à la charnière de la portière.

Avec moins d'assurance que n'en avait montré son compagnon, Judith Lightgow entraîna elle aussi un pétauroïde qui vint s'installer sur l'autre marchepied après qu'elle eut prit place auprès de Ted. Ce que voyant, les quelque quarante marsupiaux restés à observer se précipitèrent vers les camions qu'ils prirent d'assaut au moment où ils démarraient en grondant.

Le vrombissement des moteurs à turbine, s'il les étonna, ne les fit point déguerpir.

Juchés à trois par marchepied, assis sur les garde-boue, accrochés aux ridelles, couchés à plat ventre sur les arceaux métalliques supportant les toits en plastex ou, encore, solidement agrippés aux pare-chocs, ces animaux fort intelligents parvinrent à se caser tant bien que mal.

Ce fut avec cet équipage — piaillant et poussant de petits cris joyeux — que le convoi des émigrants entama les derniers cent kilomètres qui les séparaient de Dajarra...

CHAPITRE VI

L'allure du convoi fut ralentie par les accidents de terrain à l'approche des collines ceinturant Dajarra. Celles-ci se couvraient de hauts buissons violets à reflets mordorés et de boqueteaux d'arbres aux troncs lisses et élevés. A leur extrémité retombaient en panache des branches chargées de très gros fruits bleuâtres tranchant singulièrement sur le rouge incarnat du feuillage fait de vrilles et de « lanières » innombrables.

En apercevant cette flore et ces fruits charnus, les pétauroïdes abandonnèrent les camions en marche pour se ruer par bonds vers les grands arbres. Ils les escaladèrent avec une agilité surprenante et, se dandinant sur les branches maîtresses, firent main basse au hasard sur les gros fruits bleutés.

Après avoir grappillé de-ci, de-là parmi les vrilles et les lanières pourpres, certains couraient sur les plus grosses branches et, avant d'avoir atteint leur extrémité, ils s'élançaient dans le vide en déployant largement leurs membranes latérales. Planant avec une aisance étonnante sur une distance dépassant fréquemment cent mètres, ils allaient se poser sur un autre arbre où la fructueuse cueillette recommençait.

Procédant par bonds gigantesques, ils suivaient en même temps d'arbre en arbre la progression des camions. Ceux-ci, au détour d'une colline de faible hauteur, découvrirent une cuvette, jadis probablement occupée par un lac. Le spectacle offert aux yeux des émigrants leur arracha un soupir de soulagement : à quelques kilomètres à l'est, dans une vallée boisée où serpentait une petite rivière, apparaissait Dajarra, noyée sous une végétation sauvage, inextricable par endroits, et qui ne laissait émerger que la partie haute de certains bâtiments.

Au premier plan, à l'ouest de la ville partiellement en ruine, l'on apercevait une aire plane bordée au nord par trois gros hangars dont un à demi effondré. De place en place se dressaient des buissons épineux mauves et rougeâtres, hauts de cinq mètres parfois, qui, avec une herbe rèche et coupante, se disputaient les failles et les lézardes de cet ancien aérodrome.

Par groupes ou individuellement, les pétauroïdes vinrent peu à peu rejoindre les camions arrêtés à l'entrée de la vallée. Ils paraissaient assez agités et poussaient fréquemment de petits cris rauques, nettement différents de leurs cris aigus marquant la joie ou l'intérêt.

— Allez ! Allez ! En route ! les houspilla le chef d'expédition en prenant la patte du marsupial le plus proche de lui pour l'inciter à remonter sur le marche-pied.

A son grand étonnement l'animal, craintif et réticent, ne le suivit qu'avec peu d'entrain.

— Alors, pétau ! plaisanta Ted. Tu ne veux pas venir avec nous ? La vie citadine ne t'attire pas ?

Les pseudo-chauves-souris retrouvèrent leurs places à contrecœur presque et lorsque les camions s'ébranlèrent, elles promenèrent autour d'elles des regards circonspects et inquiets. Cette inquiétude ne fit que croître au fur et à mesure que le convoi s'approchait de la ville morte.

— C'est plus qu'un hélicodrome, constata Price en entrant sur le terrain situé à l'ouest de Dajarra. Cela peut convenir aux avions à décollage vertical et même aux jets à décollage par fusées. Les failles et fissures dans les pistes de roulement en ciment pourront être comblées et aplanies sans trop de difficultés.

— De toute façon, fit observer Judith, comme nos ressources en matière d'aéronefs se résument à trois hélicoptères, ce terrain sera pour nous amplement suffisant pendant encore un bon bout de temps.

Les véhicules s'arrêtèrent à une quinzaine

de mètres du premier des trois hangars en forme de tunnel dont la grande porte métallique était ouverte depuis des siècles.

Les pétauroïdes, très surexcités, piaillaient et criaient à qui mieux mieux, mais aucun ne consentait à s'éloigner des camions.

— Ne trouvez-vous pas leur comportement bizarre, Price ? lui demanda le Dr Conrad Decker. Ils ont abandonné leur exubérance et leur sollicitude à notre égard pour rouler des yeux alarmés et grogner d'inquiétude.

— En effet, ces marsupiaux ont peur ; mais peur de quoi ? Je ne pense pas que les hangars ni cette ville en ruine dévorée par la végétation en puissent être la cause.

— Allons toujours visiter ces hangars. Nous verrons bien si nos amis ailés oseront nous suivre...

Ils ne l'osèrent point et regardèrent avec des attitudes tourmentées s'éloigner les trente émigrants qui, intrigués par leur manège, marchaient vers le premier hangar en tenant leurs armes à la main. La porte franchie, le sol en ciment révéla des craquelures et des failles en maints endroits. Charriée par le vent, de la terre s'y était entassée, permettant à des végétaux rabougris, aux minces feuilles mauves, d'y pousser malgré la pénombre et la faible humidité.

Dans le fond du hangar se trouvait un vieil hélicoptère Sikorski à la carlingue rouillée et aux pneus crevés. L'une de ses pales, tordue, reposait sur la cabine. Une épaisse couche de poussière recouvrait sa peinture verte à peu près invisible.

La porte-rideau en tôle ondulée fermant cette extrémité du hangar avait été déformée, cabossée et fendue par un arbre énorme poussant à l'extérieur et dont le tronc, depuis des lustres, exerçait une pression continue sur le métal.

Judith Lightgow s'apprêtait à ouvrir la portière de l'appareil mais elle suspendit son geste à quelques centimètres de la poignée. La couche de poussière qui la recouvrait était beaucoup plus mince que celle qui tapissait la carlingue. L'électronicienne ne s'attarda pas outre mesure à ce détail — choquant a priori — et tourna la poignée. La portière, légèrement coincée, finit par céder à ses efforts et s'ouvrit. La jeune fille promena le faisceau de sa torche électrique sur le tableau de bord poussiéreux puis elle l'arrêta sur une cavité sombre et remarqua :

— Tiens ! L'émetteur-récepteur a été enlevé. Peu avant l'agonie de la civilisation certainement. Sans doute quelques malheureux techniciens cherchèrent-ils à être recueillis dans cette ville probablement alors abandonnée...

— Dommage, nous aurions récupéré cet émetteur — même archaïque — avec profit, émit Teddy Price qui, fronçant brusquement les sourcils ajouta : C'est curieux, la couche de poussière qui recouvre les bords du logement de l'émetteur est tout à fait négligeable comparée à celle qui tapisse le tableau de bord. Par ailleurs le siège gauche — face à l'émetteur — lui, n'en a presque pas !

— Alors, Sherlock Holmes, qu'en déduis-tu ? ironisa Judith Lightgow.

— Ne croyant pas aux fantômes — et les fantômes n'ayant que faire d'un émetteur-récepteur — j'en déduis très rationnellement que le vent a établi un courant d'air dans cette cabine, dispersant la poussière en maints endroits et en épargnant relativement certains autres.

La visite des autres hangars leur fit découvrir quatre nouveaux hélicoptères auxquels les émetteurs-récepteurs avaient été également enlevés.

— C'est tout de même curieux cette histoire de courants d'air, rumina Judith en désignant successivement du doigt la case vide du tableau de bord — fort peu poussiéreux — et le siège qui lui faisait face. Chez les quatre hélicos nous constatons que la poussière est beaucoup moins épaisse au voisinage du logement des émetteurs absents...

— Il ne peut s'agir que d'un phénomène de déplacement d'air créant probablement une agitation particulière de ce côté de la cabine, insista Teddy Price.

— L'explication est assez faible, émit le Dr Decker, mais je n'en vois point d'autre.

— Peu importe, d'ailleurs, abrégea l'électronicienne. Que faisons-nous, maintenant ?

— Nous allons jeter un coup d'œil à la ville et si nous trouvons un bâtiment à peu près convenable, nous nous y installerons avec armes et bagages. Dans la négative, nous établirons un camp provisoire dans ces hangars.

Alors qu'ils allaient sortir, un vacarme de cris frénétiques leur fit instinctivement braquer leurs fusils et pistolets vers la porte. Juchés pêle-mêle sur les camions, les pétauroïdes gesticulaient et agitaient furieusement leurs membranes latérales. Certains bondissaient de l'avant vers l'arrière, poussaient des clameurs inquiètes, d'autres se penchaient puis se reculaient craintivement en épiant le sol. Quelques-uns, entrés dans les remorques, commençaient à projeter au dehors tout ce qu'ils pouvaient saisir ! Des boîtes de rations alimentaires, des caisses de munitions, deux scies à ultra-sons et des gourdes lancés à la volée allèrent choir sur le terrain parmi les touffes broussailleuses.

Tout à coup, semblant être expulsés par les broussailles, de puissants jets liquides verdâtres vinrent éclabousser les roues et les ridelles des camions. Un pétauroïde, atteint en pleine face au moment où il se penchait pour lancer une gourde, poussa un glapissement de douleur et bascula par-dessus la ridelle. Il se contorsionnait dans la poussière lorsque deux nouveaux jets verdâtres inondèrent sa tête et sa poitrine. Ses cris redoublèrent, il se roula convulsivement sur le sol puis, recroquevillé sur lui-même, il eut un dernier spasme qui contracta ses membres et cessa de bouger, foudroyé.

— Les cracheurs ! gronda Teddy Price. Voilà donc pourquoi nos amis étaient si nerveux ! Bien avant d'avoir pénétré sur ce terrain, ils avaient flairé la présence de ces redoutables créatures. Venez ! cria-t-il en se dirigeant vers la porte. Dieu merci, ce sont des cracheurs de petites tailles et nous pouvons espérer les tuer avec nos fusils. Leurs jets portent à cinq ou six mètres environ et ils sont encore à une vingtaine de mètres du hangar...

Ils se déployèrent en éventail et s'efforcèrent de repérer les créatures plates dont le mimétisme les rendait difficilement visibles dans l'herbe et les broussailles. Les premières balles sifflèrent mais peu d'entre elles furent logées dans la poche gonflable qui, sur la tête ovoïde des cracheurs, expulsait violemment le liquide corrosif. Pétrifiés, les marsupiaux s'étaient aplatis sur le toit et la cabine des véhicules.

— Bob, nous allons essayer de parvenir jusqu'aux premiers camions, confia Ted à son assistant Warmley. Je viens d'avoir une idée qui pourra peut-être nous sortir de là...

« Cessez de tirer tant que nous n'aurons pas grimpé dans les remorques, ordonna-t-il aux autres.

Les autres hommes inspectèrent prudemment le terrain, évaluèrent l'avance des monstres dans les broussailles puis, d'un élan commun, ils se précipitèrent vers les deux premiers camions. Un agile rétablissement les amena chacun dans une remorque à l'instant précis ou trois cracheurs expulsaient leur liquide corrosif. La substance verdâtre attaqua profondément le métal de la ridelle arrière en libérant une vapeur âcre irritant douloureusement les muqueuses nasales.

Le généticien s'empara d'une scie ultrasonique et, par télépathie, donna ses directives à son assistant grimpé dans l'autre camion. Maniant à deux mains la scie en forme de gros pistolet comme il l'aurait fait pour une mitraillette, Ted ajusta un cracheur rampant en direction du hangar et mit le contact. La scie vibra avec un ronronnement léger. Dix mètres plus loin, balayée pendant cinq secondes seulement par les ondes ultra-sonores la dangereuse créature s'enroula sur elle-même et le sol, autour d'elle, se teinta de verdâtre.

En quelques minutes le généticien et son

assistant firent place nette de tout péril provenant des cracheurs qui maintenant gisaient sans vie autour des deux camions. Les deux hommes abandonnèrent leurs positions pour, avec précaution, gagner les autres véhicules dans lesquels ils grimpèrent en hâte. Sur cette portion du terrain, les « assaillants » rampaient en rangs beaucoup plus serrés.

Dès les premiers faisceaux de vibrations meurtrières, les cracheurs ripostèrent de tous côtés, toutefois, le résultat fut tout autre que celui qu'ils devaient escompter. Expulsés en éventail, les jets corrosifs retombèrent en presque totalité sur d'autres cracheurs qui — loin d'être immunisés contre ce système d'auto-défense — en furent les premières victimes. Moins de cinq minutes leur suffirent pour s'entre-tuer et s'exterminer réciproquement en expulsant avec frénésie leur terrible liquide, brûlant plus atrocement encore que l'acide sulfurique.

A plat ventre sur les toits et les cabines des camions, les pétauroïdes contemplaient ce carnage avec des yeux figés de saisissement. Lorsque le calme se fut rétabli, ils consentirent à quitter leur perchoir pour aller précautionneusement examiner leur congénère tué par les cracheurs. Ils entonnèrent alors un concert de cris plaintifs et agitèrent frénétiquement leurs bras, faisant ainsi curieusement onduler leurs « ailes » membraneuses.

Puis, passant de la consternation à la fureur la plus complète, ils s'accroupirent et ramassèrent des pierres dont ils bombardèrent avec une force extraordinaire les cracheurs désormais inoffensifs.

— Leurs réactions sont étonnamment proches de celles de certains humains primitifs du passé, fit remarquer le généticien à ses compagnons venus le rejoindre. Je suis sûr que nous pourrons en faire quelque chose. Lorsque nous nous comprendrons mieux réciproquement, bien entendu.

Et, montrant la scie ultra-sonique qu'il tenait encore dans sa main droite :

— Voici un instrument plus précieux encore que nous n'aurions pu l'imaginer. En partant du principe de base de cet outil, nos techniciens devront étudier la possibilité de créer des pistolets à ultra-sons.

— En effet, approuva l'électronicienne. Cela nous sera plus utile que des pistolets ou fusils pour repousser les attaques des cracheurs. La scie à ultra-sons étant l'application d'un très vieux principe, dans une arme de faible volume. Les générateurs des scies ont une réserve énergétique d'environ cinq mille heures, ce qui, théoriquement, autorise un travail *consécutif* de plus de six mois ! Compte tenu du faible volume exigé par une arme légère, nous pouvons escompter obtenir des pistolets à ultra-sons capables de fonctionner pratiquement pendant un millier d'heures !...

***

Après avoir rapidement déjeuné, Teddy Price distribua les consignes aux hommes et femmes de son expédition. Certains reçurent pour mission de débroussailler les hangars, d'inventorier le contenu des caisses poussiéreuses qui s'y trouvaient, d'autres furent désignés pour inspecter les abords immédiats du terrain.

Avec six hommes, Judith Lightgow et la chimiste Loretta Gibson, le chef d'expédition prit ensuite le chemin de Dajarra dont les faubourgs se trouvaient à seulement cinq cents mètres à l'est de l'aérodrome. Ayant assouvi leur vengeance sur les restes des cracheurs, quelques pétauroïdes les suivirent en criaillant entre eux tandis que la plupart de leurs congénères tournaient et retournaient, « désœuvrés », autour des émigrants restés sur place afin d'accomplir leur tâche d'inspection et de débroussaillage.

La petite colonne des dix explorateurs pénétra dans la ville — sérieusement endommagée — par une large avenue bordée de maisons de quatre à cinq étages seulement. La majorité des fenêtres étaient ouvertes. Bien des volets de bois gisaient sur la chaussée ; d'autres pendaient encore dans le vide, miraculeusement retenus par une charnière rouillée. Nombre de lampadaires au néon, tordus, rouillés, s'inclinaient sur les trottoirs et quelques-uns, cassés à leur base, s'étaient couchés en travers des rues.

Des herbes sauvages mauves et rouges poussaient à même la chaussée ou émergeaient de certains couloirs dont la porte d'entrée, laissée ouverte ou tombée en poussière, avait permis au vent d'y charrier des graines qui se logèrent dans les crevasses du sol et s'y développèrent. Parfois, trouvant un terrain favorable dans la lézarde d'un mur maître ou, encore, sous le porche d'une grande construction, des buissons ou des arbrisseaux venaient jeter une note insolite.

Dans bien des rues, sur les trottoirs défoncés, en travers de la chaussée ou même, écrasées contre une devanture de ce qui avait été un magasin, achevaient de se rouiller des carcasses de véhicules divers : automobiles, camions et fourgonnettes à turbines.

Une première inspection de ces vestiges mécaniques ne laissa pas de surprendre les émigrants : la plupart des organes ou objets en cuivre de ces véhicules avaient été arrachés ou sciés. Ceux d'entre eux qui, à l'origine, possédaient un émetteur-récepteur, en avaient été privés, ainsi qu'en témoignaient leurs logements vides dans les tableaux de bord. Par ailleurs, les blocs étanches des générateurs alimentant en courant les circuits électriques avaient également disparu.

Interloquée, Judith Lightgow résuma ainsi la situation :

— Il semblerait qu'au moment de la Grande Catastrophe, des pillards, ignorant le sort inéluctablement réservé à l'humanité, se sont livrés à un pillage systématique de tous les objets ou appareils offrant quelque valeur.

— Dans cet état d'esprit, objecta le généticien, n'auraient-ils pas mieux fait de voler purement et simplement les véhicules au lieu de les démonter en partie sur place, voire au milieu des rues ?

— Sur son déclin, la civilisation dut à coup sûr connaître une tragique pénurie de carburant qui rendait impossible les déplacements à bord de ces machines.

— Dans ce cas, je ne comprends pas à quoi ont bien pu servir aux voleurs les organes et matériaux à base de cuivre prélevés sur ces véhicules.

En poursuivant l'exploration de Dajarra — ville peuplée jadis de trente mille habitants — ils furent amenés à faire d'autres constatations non moins singulières et inexplicables.

— Certaines devantures de magasins ont eu leurs glaces et vitrines brisées ou étoilées à la suite d'un choc ; rien à dire à cela. Mais tous les autres magasins et la majorité des fenêtres de façades que nous pouvons apercevoir n'ont plus de vitres ! Voyez, souligna l'électronicienne en conviant les autres à s'approcher d'un magasin d'horlogerie-bijouterie.

« Le bois de la vitrine porte des traces très nettes d'outils, de ciseau à froid ou de gouge, qui entamèrent le bord extérieur de la gorge dans laquelle s'encastrait la vitre.

— Là, je comprends moins encore, confessa le chef d'expédition. Pourquoi les pillards auraient-ils volé des vitrines ! Des carreaux de fenêtres et des glaces de vitrines !

— Elles ont pourtant bien été enlevées, cela ne fait aucun doute. Seules les vitres cassées ont évidemment échappé à ce vol. Et si ces magasins et fenêtres avaient eu leurs vitres et carreaux brisés — comme c'est le cas pour beaucoup d'entre eux — nous en aurions trouvé les morceaux ou débris sur le sol !

Intrigués, ils allaient enjamber la vitrine pour grimper sur l'étal vide et entrer dans le magasin lorsqu'ils remarquèrent, à gauche de la porte — coincée — une grosse croix faite à la peinture rouge.

— Voici la troisième boutique dont l'entrée ou le mur porte cette marque baroque.

— Par surcroît, renchérit Teddy Price, alors que la peinture des devantures, des enseignes ou des fenêtres a disparu, lavée par les intempéries, celle-ci demeure presque intacte ! Et même s'il s'agit d'un colorant indélébile, quelle est la signification de ces croix hâtivement peintes sur les murs et les portes de certains magasins ou édifices ?

— Aurait-il existé, aux derniers temps de l'humanité, un groupe de pillards bien organisés qui « marquèrent » ainsi les lieux qu'ils dévalisèrent ? Ceci pour éviter à d'autres groupes de leur « organisation » de perdre du temps à fouiller les magasins et immeubles déjà visités ?

— Cela ne colle pas, Judy. Je veux bien croire que des pillards aient exercé leurs ravages à une période précédant immédiatement l'agonie de la civilisation. Mais si nous nous reportons au chaos qui régnait alors, à la désagrégation complète de la société, à l'effondrement des lois et des principes les mieux établis, l'on s'explique mal cette « organisation » de malfaiteurs ordonnés, rationnels, opérant avec tant de méthode.

« Des pillards, il y en eut très certainement. Mais à quoi leur aurait-il servi, par exemple, de dévaliser une bijouterie, abandonnée ou non ? A qui, dans cette confusion, dans ce déferlement de souffrance et de mort engendré par l'augmentation constante du degré radioactif, auraient-ils écoulé leur butin ?

« Et pour en retirer quoi ? De l'argent ? Souvenez-vous des bandes magnétiques de la Section d'Histoire de la Cité Noé. Ces enregistrements des dernières émissions radiophoniques d'antan prouvent assez que pendant plusieurs années — les dernières que vécurent les survivants les plus coriaces — l'argent n'avait plus cours. Du moins avait-il cédé le pas au troc des denrées alimentaires... hélas ! contaminées et de plus en plus rares.

— Peut-être trouverons-nous plus tard l'explication de cette énigme, lorsque nous aurons recueilli d'autres indices. Poursuivons nos investigations et attachons-nous maintenant à la recherche des édifices publics... si tant est qu'ils soient encore debout.

Un silence oppressant régnait sur cette ville morte que seule venait troubler parfois une rafale de vent chargé de poussière et de terre. De temps en temps, à l'approche des humains, quelques oiseaux noir et jaune, au bec extraordinaire par son extrémité fourchue, s'élevaient des ruines et s'envolaient lourdement avec des stridulations lugubres.

Par une rue perpendiculaire à celle qu'ils suivaient, les explorateurs aperçurent une place où trônait un imposant bâtiment vers lequel ils se dirigèrent sans hésiter. Son frontispice, lézardé, patiné par le temps, portait gravée l'inscription à peine lisible : CITY HALL, Town of Dajarra. A l'entrée, une plaque en matière plastique noire indiquait en outre : first floor : public library.

— Voici enfin ce que nous cherchions, la mairie et la bibliothèque municipale ! Et, naturellement, près de l'entrée, nous retrouvons une croix rouge bien en évidence ! Au surplus, les deux grandes portes ont été privées de leurs vitres ou de leurs plaques en plexiglass.

Dans le vaste hall nu, les semelles des visiteurs s'enfonçaient dans une épaisse couche de poussière, de brindilles d'écorce et autres particules végétales desséchées apportées par le vent depuis des siècles.

Les murs, ternis, portaient encore de nombreux tableaux, aquarelles et photographies représentant probablement les notabilités et personnalités officielles de Dajarra. Sous le regard fixe de ces fantômes du passé, les émigrants — tels des profanateurs violant une sépulture — gravirent avec précaution les antiques marches de pierre conduisant au premier étage. Une porte, jadis vitrée, les amena dans une salle immense dont les murs, jusqu'au plafond, étaient occupés par des rayonnages vides.

Cette troublante découverte arracha au généticien une exclamation dépitée :

— Voilà qui n'est pas fait pour clarifier le problème ! A-t-on jamais vu des pillards dévalisant systématiquement une bibliothèque municipale ?

— Certes non, répondit Judith que cette remarque visait. Mais il y a là peut-être une autre explication. Aux Etats-Unis d'Amérique, bien avant la Grande Catastrophe — vers les années 1952 ou 1953, je crois — avaient été créées des Time Capsules, c'est-à-dire des caissons étanches et blindés recélant des microphotographies d'objets et d'œuvres d'art, de traités scientifiques, des enregistrements sur bandes magnétiques et quantité d'autres témoignages de la civilisation aujourd'hui disparue (1). Ces Time Capsules avaient été constituées pour le cas où un cataclysme aurait balayé la majeure partie du genre humain. Les survivants — ou les archéologues des civilisations futures — auraient alors pu, avec beaucoup de chance ! mettre à jour ces containers dont les microfilms, ayant défié les siècles ou les millénaires, leur aurait apporté un témoignage précieux sur les mœurs et les réalisations des humains disparus.

« Nos ancêtres, se sachant condamnés, ont peut-être pris une initiative analogue avec les ouvrages de cette bibliothèque...

— Non, Jud, cela est aussi improbable que de prêter aux derniers survivants des aspirations poétiques, primesautières ou guillerettes ! En outre, je ne crois pas davantage que tous les volumes de cette bibliothèque aient été des œuvres rarissimes ou capitales que l'on ait voulu soustraire aux ravages du temps.

— Bon, je capitule devant cet argument

(1) Authentique.

parfaitement valable. Là aussi le mystère demeure donc entier.

Ils parcoururent la grande salle vide dont le parquet poussiéreux résonnait bruyamment sous leurs bottes et entrèrent dans une autre pièce de moindres dimensions mais également vide. Tout comme ailleurs, les fenêtres étaient privées de leurs carreaux, proprement enlevés ainsi qu'en témoignaient les traces d'outils dans le bois.

— Si certaines bibliothèques furent incendiées, commenta le généticien, si de nombreux labos et centres de recherches furent saccagés par les foules frappées de folie à l'annonce de leur condamnation sans rémission, nous sommes assurés qu'ici, aucun acte de vandalisme n'a souillé ce bâtiment. Il a été soigneusement et méthodiquement « déménagé ».

Poursuivant la visite de la bibliothèque, ils poussèrent une porte vermoulue donnant accès à un bureau et tombèrent en arrêt. Sur une table de travail, buste en avant, un squelette était effondré ! Retenu sur le siège par les os du bassin et la colonne vertébrale, le haut du corps était à peu près intact mais les os des jambes, désarticulés, éparpillés, jonchaient le parquet sous la table. Dans les phalanges de sa main droite, le squelette retenait un pistolet automatique rouillé, devenu presque brunâtre à cause de l'extrême oxydation. Le crâne jauni portait à la tempe droite un trou rond au bord déchiqueté.

— Le malheureux s'est suicidé, formula le généticien, penché sur le crâne. L'on distingue encore très bien l'éclatement en étoile de l'os en bordure de l'orifice de pénétration du projectile.

Voulant contourner le bureau, la chimiste Loretta Gibson heurta du pied un objet qui roula sur le sol. Etonnée, elle le ramassa et le fit tourner entre ses doigts. Il s'agissait d'une petite ampoule poussiéreuse, ovoïde et au verre irrégulièrement noirci à l'intérieur.

— Regardez ça, fit-elle en tendant l'objet au chef d'expédition.

— C'est une vieille ampoule de flash ! Et d'un modèle archaïque déjà au moment de la Grande Catastrophe. Des journalistes seraient donc venus photographier ce cadavre, peu après le suicide ?

— Pour le laisser ensuite tranquillement se décomposer sur place ? Crois-tu, Ted, que cela « colle » davantage que ma première hypothèse sur la disparition des livres de la bibliothèque ? Et puis, est-il raisonnable de penser que le suicide d'un homme — fût-il conservateur de la bibliothèque, voire maire de cette petite ville — aurait motivé la venue de reporters au milieu de l'extinction du genre humain ? Les journalistes ne furent pas plus épargnés que ceux qui, jadis, lisaient leurs reportages !

Perplexe, Ted haussa les épaules avec une moue dubitative. Essuyé, le culot en cuivre de l'ampoule au magnésium révéla une inscription parfaitement distincte. Les autres le virent tiquer, battre des paupières puis pâlir. Ce fut en balbutiant qu'il tendit l'ampoule au Dr Decker :

— Dites-moi si je rêve, toubib. Que lisez-vous sur ce culot en cuivre ?

Le médecin se saisit de l'ampoule, lut l'inscription et cilla à plusieurs reprises.

— Clan N. Y. 2223 ! articula-t-il d'une voix blanche.

— Et après ? jeta l'électronicienne que la chose n'impressionnait aucunement. Le sigle N et Y signifie New York évidemment. Quant au chiffre, pourquoi voulez-vous qu'il soit autre chose qu'un vulgaire numéro de série ?

— Et ce mot, *clan ?*

— Pourquoi serait-ce obligatoirement un mot plutôt qu'un nom propre, comme Smith ou Brown ? Non, mais, franchement, vous avez pu une seule minute penser que cette ampoule pouvait avoir été fabriquée à New York en 2223, c'est-à-dire il y a deux ans à peine ? Soyons sérieux et, pour une fois, admettez que mes explications sont beaucoup plus rationnelles que vos... hypothèses échevelées ! D'accord, nous ignorons pourquoi cette ampoule de flash se trouve là, près du squelette de cet homme qui se suicida il y a plus de deux cents ans, mais cela justifie-t-il les plus fantaisistes des élucubrations ?

Ils durent se ranger à cet avis très cartésien, néanmoins, un malaise inexprimable — et inexprimé — s'insinua inexorablement en eux et les tenailla au point de leur donner la chair de poule !

CHAPITRE VII

Errant à travers la ville morte, les émigrants de la Cité Noé poursuivaient l'inspection des bâtiments importants. Des immeubles et magasins, n'ayant pas trop souffert des intempéries, demeuraient à peu près intacts. Nombre de constructions, pourtant, s'étaient effondrées. Leurs simples pans de murs s'effritaient parmi les broussailles épineuses où grouillaient parfois de gros insectes jaunâtres à bandes vertes, semblables à des cafards géants, ou, encore, des chenilles hérissées de piquants et longues de cinquante centimètres.

A l'entrée de la route qui, au nord de Dajarra, menait à Cloncurry — à cent soixante-dix km au nord-est — se trouvait un garage-station-service. De la tour géante qui, jadis, le surmontait, il ne subsistait qu'un tronçon aux bords déchiquetés. Les vestiges de la tour encombraient le toit et une petite rue perpendiculaire où le sommet était venu s'écraser des siècles plus tôt.

Sitôt entrés dans l'édifice, les explorateurs durent faire usage de leurs scies ultra-soniques : une colonie de cracheurs avait élu domicile dans les plâtras et les pousses d'herbes sauvages tapissant le sol. Surprises, les créatures dangereuses furent abattues avant qu'elles n'aient pu expulser en éventail leur redoutable venin corrosif.

Le mur, à droite de l'entrée, portait, comme en de nombreux autres endroits de la ville, une grande croix rouge dont la peinture présentait un parfait état de conservation. Alors que, le danger écarté, ils allaient pénétrer plus avant dans le garage, ils s'arrêtèrent simultanément, incrédules et bouleversés. Parmi les multiples sillons laissés dans la poussière par les créatures rampantes l'on pouvait discerner quelques empreintes de pas.

Le Dr Conrad Decker rompit le premier le silence écrasant qui avait succédé au ronronnement des générateurs des scies à ultra-sons :

— Ne me demandez pas si vous rêvez, Price, car j'ai aussi la ferme intention de vous le demander !

Sidérés, ils passèrent à côté d'une carrosserie d'automobile dépourvue de roues et se penchèrent sur le sol. Les marques s'inscrivaient dans la poussière, sur un espace de cinq à six mètres, entre deux véhicules rougeâtres d'oxydation. Après un sérieux examen, ils ne purent que se rendre à l'évidence.

— C'est... renversant ! bredouilla prosaïquement Judith Lightgow.

— Des traces de pas, brouillées, en partie effacées par les sillons imputables aux cracheurs, mais des traces de pas tout de même ! constata le chef d'expédition, un genou à terre et les yeux fixés au sol. Si des pillards sont venus visiter ce garage, le sol en ce temps-là ne pouvait être recouvert d'une couche de poussière aussi épaisse !

— Et là, cette empreinte rectangulaire, dans la poussière également piétinée, fit remarquer le Dr Decker.

— Et ici, ces sillons parallèles ? Bien que rompus en maints endroits par les traces des cracheurs, n'ont-ils pas été laissés par des roues de... camions ?

— Non, tout cela est trop fantastique ! s'insurgea le généticien. Il y a sûrement à cela une explication rationnelle, logique et fort éloignée de tout ce que nous pouvons imaginer.

— Possible, émit songeusement l'électronicienne. Toutefois, Ted, abordons le problème sous un angle différent. En venant établir ici notre tête de pont, nous espérions bien trouver quelque chose à récupérer dans les ruines de Dajarra, n'est-ce pas ?

— D'accord, mais...

— Bon, coupa-t-elle, très surexcitée, sans lui laisser le loisir de poursuivre. Nous escomptions pouvoir occuper l'un ou plusieurs des immeubles ; nous espérions ailleurs récupérer des vitres, des outils, divers matériaux, des organes mécaniques qui auraient pu être pris sur des machines en tant que tels. Nous pensions pouvoir peut-être aussi trouver des livres — dans les bibliothèques et bureaux échappés à la destruction — ceux-ci ayant été protégés des moisissures et d'autres agents destructeurs « vivants » par les radiations jouant alors le rôle de stérilisateurs.

« Or, qu'avons-nous trouvé jusqu'ici ? Rien. Nous errons dans une ville morte qui semble avoir été... passée au peigne fin par des écumeurs remarquablement organisés ! Les multiples indices mystérieux par nous constatés s'accumulent et forment un tout assez singulier, un puzzle nous laissant entrevoir que ce pillage est beaucoup moins ancien que nous le pensions a priori. Et j'ajoute : la ville a été pillée... Il n'y a pas très longtemps.

— C'est insensé, Jud, positivement insensé ! Cela impliquerait qu'il y a des survivants ! Et quand cela serait — mais je ne le crois pas — ils devraient se résumer à une poignée de morts-vivants, sans aucune organisation, sans loi ni même l'ombre d'une éthique. Or, ceci est démenti par ce que nous appelons pillage organisé à défaut d'autre explication moins rocambolesque. Non, ces survivants fantômes auraient dû disposer de très puissants moyens pour rafler ainsi les matériaux et objets récupérables d'une ville entière. Et, vois-tu, Jud, je ne crois pas aux histoires de fantômes.

— Moi non plus, Ted, répliqua-t-elle, mais je ne crois pas davantage à un phénomène naturel qui aurait pour corollaire la volatilisation d'objets utilisables... et la naissance de croix rouges sur les murs !

Le médecin de l'expédition, qui depuis un moment observait une attitude songeuse, prit la parole :

— En présence de ces facteurs nouveaux, nous ferions bien de réviser nos plans initiaux. Nous nous proposions, à l'origine, d'établir une tête de pont à Dajarra puisque aussi bien cette ville relativement importante était la plus proche de notre Cité Noé. La plus proche d'une région jadis industrielle et à haute densité de population, s'entend. Naturellement, il en existait d'autres, de moindre importance, mais plus éloignée de notre refuge. Or, puisque notre désir était d'entreprendre la... reconstruction du monde, il était nécessaire pour nous d'atteindre une région où nous espérions trouver des matériaux récupérables en abondance.

« Las ! pour une raison ou une cause qui nous échappe, cette ville ne recèle plus que des bâtiments vides, sans intérêt pratique pour nous. Dans ces conditions, pourquoi n'irions-nous pas visiter une autre agglomération, plus à l'est, donc en plein centre du Queensland où l'industrie présentait un développement supérieur ? Rien ne nous dit que le... phénomène-pillage s'y sera manifesté.

Assez ébranlé par cette proposition, le chef d'expédition réfléchit mûrement avant de répondre en dépliant une carte sur le capot rouillé d'une automobile :

— Votre idée, si elle est séduisante, présente cependant un grave inconvénient : notre limitation en carburant. Au départ de la Cité Noé, nous avons emporté du carburant pour couvrir un trajet de deux mille cinq cents kilomètres, distance amplement suffisante pour permettre aux quatre camions de nous amener à Dajarra et refaire le trajet en sens inverse afin d'aller prendre un second contingent d'immunisés à notre refuge étanche dans le désert.

« Pour mon compte, je serais assez enclin à suivre votre suggestion de pousser plus avant dans le Queensland. Mais nos ressources en carburant ne nous autorisent guère qu'à parcourir encore deux cents kilomètres supplémentaires si nous voulons conserver assez de fuel pour renvoyer les véhicules à la Cité. Dans ces conditions, il nous reste un compromis. Différer l'établissement de notre tête de pont à Dajarra, laisser ici trois camions et partir en reconnaissance à bord d'un seul véhicule jusqu'à...

Il consulta la carte, évalua la distance et précisa :

— Jusqu'à la ville de Cloncurry, à deux cent dix kilomètres au nord-est de Dajarra. Nous emprunterons la route qui passe devant ce garage et qui, en dépit de son mauvais état, sera plus commode que notre pérégrination à travers désert, montagnes et forêts. Etes-vous d'accord ?

L'accord fut unanime et, sans plus tergiverser ils regagnèrent le terrain où leurs amis les attendaient avec impatience. Les pétauroïdes géants s'élancèrent à leur rencontre sans lâcher les brassées d'herbes et de broussailles qu'ils devaient transporter à la limite de l'aérodrome nettoyé par les émigrants.

— Alors, Chef, demanda Gavin Harrelson qui, le pied bandé, s'aidait d'une pelle à long manche pour se déplacer. Quelle impression cela vous a-t-il fait de fouler le sol de cette ville morte en ayant conscience d'être virtuellement les maîtres du monde ?

— Une désagréable impression de malaise, Gavin, fit-il laconiquement en se dirigeant vers son camion.

Dans la cabine, il manipula les commandes de l'émetteur-récepteur et obtint rapidement la liaison avec la Cité Noé. Moins d'une minute plus tard, le professeur Eric Dahl vint lui-même au micro, enchanté de pouvoir s'entretenir avec le chef de l'expédition. Ce dernier se hâta de lui faire un récit détaillé et fort circonstancié de leur première incursion dans la ville morte. A l'énoncé des conclusions qu'on pouvait en tirer, le professeur Dahl resta un long moment silencieux. Le généticien le devinait aussi désemparé que lui-même et ses amis lorsqu'ils réalisèrent tout l'insolite de leurs découvertes.

Le biologiste et chef de la Cité Noé rompit le silence par une exclamation assourdie :

— Grand Dieu ! Ce que vous venez de me dire est ahurissant !... et renverse tous nos plans. Il est bien évident qu'une tête de pont à Dajarra n'offrirait maintenant aucune utilité. Par ailleurs, ne disposant pas du carburant nécessaire pour pousser loin à l'intérieur du Queensland, force vous est donc de partir en éclaireur avec un seul camion.

« Ce contretemps est bien fâcheux qui retarde le départ du second contingent. Néanmoins, il est indispensable, avant d'entreprendre l'émigration massive, que vous ayez découvert une ville susceptible d'un développement rapide.

« En prévision de l'énorme dépense en carburant que cette émigration entraînera, j'ai fait intensifier la fabrication du fuel synthétique. Par ailleurs — Gavin Harrelson m'ayant rapporté voici deux heures à peine vos démêlés avec les cracheurs — nos ingénieurs et techniciens ont mobilisé leurs bureaux d'études pour dessiner les épures et les bleus des futurs pistolets ultra-soniques. Nous espérons pouvoir les produire en série d'ici à une quinzaine tout au plus. Ces travaux seront, je crois, les derniers travaux importants entrepris sous le dôme étanche.

« Les hélicoptères ont été révisés et remis en état. Les essais des appareils — et de pilotage ! — commenceront incessamment.

« Maintenant, Price, partez sans plus attendre... Puissiez-vous trouver à Cloncurry ce qui vous servira à établir — enfin ! — la tête de pont indispensable à notre « diaspora ».

***

Dans le camion piloté par Teddy Price avaient pris place Judith Lightgow, le Dr Conrad Decker, la chimiste Loretta Gibson, le botaniste Philip Sloan, un ingénieur et... un couple de pétauroïdes qui, d'autorité, avait sauté sur les marchepieds au moment du démarrage !

Abandonnant l'idée de les faire descendre, à moins de les brutaliser, ce dont il n'aurait su être question puisque ces êtres étaient doux et pleins de bonnes intentions, le chef d'expédition se résigna à tolérer leur compagnie.

Sur la route, à la sortie nord-est de Dajarra, le camion put avancer beaucoup plus facilement, cette voie étant relativement praticable et peu encombrée de broussailles. Partis de la ville morte à 17 h et compte tenu de la vitesse horaire — cent km en moyenne — autorisée par la route toute tracée, les éclaireurs pouvaient espérer arriver à Cloncurry vers 19 h environ et bénéficier d'une heure encore avant la tombée du jour pour visiter sommairement cette agglomération où ils passeraient la nuit.

A 18 h, ils aperçurent à l'horizon un croisement de routes et Judith Lightgow, chargée de suivre l'itinéraire sur la carte, put annoncer :

— Cette bifurcation, à quelques kilomètres devant nous, mène, à gauche, à West Leichhardt ; à droite, à Cloncurry. Nous sommes donc à mi-chemin de cette ville à Dajarra.

Ils atteignirent rapidement cette bifurcation et, surpris, s'arrêtèrent devant une pancarte suspendue à un câble en nylon tendu entre deux arbrisseaux.

Surmontant une flèche dirigée vers la gauche, l'inscription en lettres d'imprimerie peintes en rouge — parfaitement lisible — ne laissa pas de les surprendre :

— West Leichhardt, cinquante miles (D). Au-delà, route impraticable. Pont sur la Leichhardt coupé trois miles en deçà de W.L.

Au-dessous une seconde inscription en caractères rouges mais soulignée d'une flèche dirigée vers la droite, on pouvait lire :

— Cloncurry, soixante-cinq miles (D).

Réserve carburant B. Point II. Route praticable.

L'angle inférieur droit de la pancarte portait, en petits caractères : C. L. Townsville, en manière de signature.

— Nous aurions dû comprendre dans ce premier contingent un historien et un archéologue, observa Judith. Ils auraient probablement pu nous dire ce que nos ancêtres australiens entendaient par ces abréviations : la lettre D entre parenthèses et les initiales C. L. précédant le nom du port de Townsville.

— Nos ancêtres, remarqua le généticien, utilisaient certainement un tout autre type de panneau indicateur que celui-ci, très hâtivement rédigé et assez malhabile.

— Dites, Price, intervint le Dr Decker. Rien ne vous choque dans ces inscriptions ? Elles ont été faites avec la même peinture que celle des croix mystérieuses marquant certains bâtiments vides de Dajarra.

— Oui, je l'ai remarqué. Et les câbles en nylon, toubib ? Croyez-vous possible qu'ils aient pu résister et conserver une telle « fraîcheur » après deux siècles et plus d'exposition ininterrompue aux intempéries ?

— Eh ! Une minute ! s'exclama Philip Sloan d'une voix étranglée.

Il sauta du camion, courut vers la pancarte et tonna :

— Bonté Divine ! Regardez !

— Regarder quoi, Phil ?

— Mais cela, Price ! fit-il en désignant l'extrémité des câbles enroulés et attachés aux arbrisseaux.

— Oui. Eh bien ?

— Eh bien ? Mais vous ne voyez donc pas que ces câbles n'ont matériellement pas pu être enroulés et attachés autour de ces troncs fluets il y a deux cents ans ? Si une telle période de temps s'était écoulée, ces arbrisseaux seraient devenus des arbres ! Le diamètre de leur tronc aurait quintuplé ou décuplé et cette augmentation volumétrique aurait automatiquement entraîné, soit la rupture des câbles — distendus à l'extrême — soit leur absorption par l'écorce elle-même !

« Dans ce cas, le tronc, aujourd'hui présenterait un étranglement caractéristique. Si tant est qu'il ait pu résister à ce régime !

« Je puis donc, sans risque possible d'erreur, affirmer que ce panneau et ces câbles en nylon n'ont pas été placés il y a plus de deux siècles mais voilà seulement quelques années...

— Sapristi ! Phil ! Vous rendez-vous compte à quoi nous mèneraient vos conclusions ? pâlit Teddy Price.

— Dites plutôt à quoi mènent mes conclusions, car, cela me paraît d'une évidence indiscutable : nous ne sommes pas les seuls survivants de l'humanité. Il y en a d'autres !

Judith Lightgow, qu'une vive émotion étreignait, serra le bras du généticien en murmurant :

— Oh ! Ted, si cela était, si vraiment d'autres êtres humains avaient pu s'adapter, survivre aux radiations, ce serait merveilleux !

— Mmmmm, mmmm, rumina-t-il, pensif. De quelle nature serait... heu, *sera* cette « adaptation », en admettant qu'elle ait pu se produire ? Ces êtres humains — et sont-ils bien *humains,* en dépit de leur semblant d'évolution — comment réagiront-ils si jamais nous établissons un contact avec eux ?

— Voyons, Ted ! Comment réagirions-nous si, à leur place, nous recevions la visite d'autres humains pacifiques et tout disposés à aider et secourir éventuellement leur prochain ?

— J'entends bien, Jud, mais rien ne nous dit qu'ils sont, eux, pacifiques et disposés à nous recevoir ! Nos ancêtres avaient parfois des réactions assez inattendues en présence d'un événement extraordinaire. Ils passaient aussi volontiers pour faire montre de très peu de sagesse et... Mais à quoi bon échafauder des hypothèses. Le temps presse, nous n'avons plus que deux heures de grand jour et nous sommes encore à cent kilomètres environ de Cloncurry.

A 19 h 15, après avoir couvert les soixante-cinq milles qui séparaient la bifurcation de Cloncurry, ils aperçurent les premiers bâtiments de cette ville ayant jadis compté une vingtaine de milliers d'habitants.

Roulant au pas, le camion pénétra dans cette agglomération déserte, aux maisons en ruine par endroits ou moins sérieusement endommagées en d'autres. Par les rues et les voies principales, les émigrants constatèrent bientôt que nombre d'immeubles les mieux conservés portaient, proche de leur entrée, une croix peinte en rouge. Tout comme à Dajarra, les vitres et carreaux qui n'avaient pas été brisés avaient été soigneusement enlevés des vitrines et des fenêtres.

Une cruelle déception les envahit. Le camion stoppé dans l'avenue principale, ils prirent leurs armes, deux scies ultra-soniques et s'avancèrent sur la chaussée. Le silence total qui régnait sur cette ville morte et soulignait étrangement le martèlement de leurs bottes sur le sol ajoutait à leur nervosité et à leur dépit. Ainsi, après Dajarra, Cloncurry s'avérait *vide,* les privant de la joie de pouvoir établir une tête de pont susceptible de servir d'abri temporaire à leurs parents et amis restés sous le dôme de la Cité Noé.

L'émulation ressentie lors de leur entrée dans la ville de Dajarra, l'allégresse et l'espoir qui les poussaient à aller de l'avant cédaient maintenant la place à une immense déception voisine du découragement. Les quelques magasins visités par simple acquit de conscience démontrèrent vite la vanité de leurs recherches : rien de ce qui aurait pu leur être utile ne se trouvait parmi les ruines ou décombres, ni dans les immeubles encore debout et partiellement envahis par les ronces rougeâtres et les broussailles mauves.

Seuls, pleins d'entrain, les deux pétauroïdes sautillaient de droite à gauche, précédant leur groupe ou se laissant distancer pour s'introduire dans un bâtiment et en ressortir en secouant leurs larges membranes salies par la poussière.

Teddy Price et ses compagnons enviaient presque ces créatures insouciantes qui, d'un bond léger, venaient d'obliquer à droite dans une rue perpendiculaire à celle qu'ils suivaient.

— Nos deux marsupiaux sont heureux de folâtrer dans cette ville déserte ! marmonna le généticien, maussade. Ces animaux paisibles n'ont pas d'autre souci que celui de trouver leur pitance alors que nous, survivants du désastre, nous sommes écrasés par les responsabilités, les tracas, les angoisses issues de notre dénuement. Judy avait raison : la liberté que nous confère notre immunisation place sur notre chemin des obstacles sans nombre. La lutte sera plus dure encore que nous ne le pensions. Par deux fois, nos espoirs d'établir une tête de pont ont été déçus.

Soudain, un grondement sourd et régulier déchira le silence qui régnait sur les ruines. Les deux pétauroïdes débouchèrent en bondissant à vive allure de la rue perpendiculaire où ils s'étaient éclipsés. Terrorisés, poussant des cris d'effroi, ils passèrent en trombe à côté des émigrants et allèrent en tremblant se blottir dans le premier couloir rencontré.

Interdits, les éclaireurs s'étaient arrêtés, prêtant l'oreille au ronronnement régulier qui semblait provenir justement de la rue d'où les deux marsupiaux s'étaient enfuis en manifestant les signes d'une peur intense.

A l'étonnement succéda l'inquiétude et tous se précipitèrent dans cette rue. Ils ne remarquèrent tout d'abord rien de particulier puis, se guidant au bruit, avancèrent prudemment jusqu'à un grand bâtiment dont le rez-de-chaussée avait été jadis occupé par une station-service. Le bruit venait de là.

Teddy Price, une scie ultra-sonique entre les mains, entra le premier, fit quelques pas et resta figé sur place. Dans le vaste garage, un gros camion-citerne à turbine ronronnait sourdement ! Sur la mince couche de poussière tapissant le sol, les pattes et le bas du « manteau » membraneux des marsupiaux avaient laissé des traces allant jusqu'au camion.

N'en croyant pas ses yeux, le généticien s'avança, suivi par ses compagnons, et jeta un coup d'œil par la portière grande ouverte. Sur le tableau de bord du camion, une ampoule rouge clignotait. Sous cette ampoule, une plaquette en aluminium portait l'inscription : Branchement pompe. A côté, sous un voyant vert non éclairé, une autre plaquette indiquait : Contact distribution fuel.

Price releva le contacteur abaissé : le voyant rouge s'éteignit et le ronronnement décrut pour cesser bientôt.

— Les pétauroïdes, en découvrant ce véhicule, ont voulu nous imiter et tripotèrent les commandes, mettant en marche libre la pompe d'évacuation du fuel. Si le bruit du compresseur ne les avait pas effrayés ils auraient peut-être mis le contact au système distributeur et le carbu...

Les dernières syllabes du mot restèrent en suspens. Teddy Price venait de hocher la tête avec effarement :

— Bon sang ! Le panneau indicateur, à la bifurcation ! Souvenez-vous. Ne portait-il pas l'inscription : Cloncurry, Réserve carburant B, Point II ?

Bouleversé, il se tourna vers le botaniste et, d'une voix blanche :

— Vous aviez raison, Phil. Le panneau en question n'est point contemporain de la Grande Catastrophe. Il fut posé plus tard, beaucoup plus tard, par ceux qui ont entretenu ou remis ce camion-citerne en état de marche et constitué ici une réserve de carburant ! Car, vous devez bien vous en douter, après plus de deux siècles d'inemploi, le compresseur de ce camion aurait été incapable de fonctionner ! Or, les pétauroïdes, en tripotant les commandes du tableau, ont déclenché le mécanisme qui s'est instantanément mis en marche !

Il s'approcha de l'énorme citerne, ferma le poing et frappa le métal brillant sur lequel était peint un B haut de un mètre.

— Elle est pleine ! vous entendez ? Elle est PLEINE ! Loretta ! appela-t-il, surexcité, allez donc chercher votre labo-portatif ! Il nous faut absolument savoir de quoi est composé ce carburant.

La jeune chimiste s'en alla au pas de course et revint au bout de cinq minutes, portant une longue mallette en matière plastique qu'elle ouvrit en s'agenouillant sur le sol poussiéreux. Entre-temps, le généticien et ses camarades avaient découvert au fond du garage une quadruple rangée de jerricans — pleins — portant chacun sur leur paroi la lettre B peinte en rouge au pochoir. L'un d'eux fut débouché et une éprouvette à pied fut remplie du fluide verdâtre qu'il contenait.

En moins d'un quart d'heure de manipulation, Loretta Gibson, ses gants en matière plastique rose tachés par les réactifs, fut en mesure d'affirmer catégoriquement :

— Ce carburant B est un hydrocarbure très volatil, de nature synthétique, mais qualitativement analogue à celui que nous employons. Je ne puis ici, en raison du faible matériel dont je dispose, en faire une analyse quantitative et qualitative rigoureuse mais, d'après les bandes visibles au micro-spectroscope, fit-elle en désignant un instrument ressemblant à la fois à une arbalète et à une lunette marine, son spectrogramme est la réplique du spectrogramme de comparaison fourni par notre propre carburant. Il peut donc sans inconvénient alimenter nos moteurs à turbines.

Cette déclaration formelle laissa pantois les auditeurs de la chimiste qui, méthodiquement, replaçait ses instruments, flacons, éprouvettes et micro-spectroscopes dans sa précieuse mallette.

— Venez ! lança le généticien, maintenant galvanisé par cette découverte. Il faut annoncer ça à notre équipe et au professeur Dahl. C'est... c'est... Bon Dieu ! Avez-vous réalisé ? Avez-vous bien réalisé que, quelque part en Australie, d'autres êtres humains ont survécu ? Ont pu s'adapter aux nouvelles conditions de vie et ont remonté le courant de la civilisation agonisante ? Ces êtres, capables de fabriquer un carburant synthétique analogue au nôtre, capables de remettre en état des camions...

— De vider les villes de leurs matériaux et objets récupérables, compléta Judith.

— Ces êtres, dis-je, sont donc au même niveau technique que le nôtre !

Revenu à son camion, Teddy Price mit le contact à l'émetteur-récepteur et appela son assistant Warmley qui, en son absence, avait pris la direction du groupe des émigrants.

— Allô, Bob ? Ici, Price. R stez à l'écoute sur la longueur d'onde habituelle. Je vais établir la liaison avec la Cité Noé. Le message destiné au professeur Dahl vous intéressera sûrement...

Il tourna lentement un bouton en suivant le déplacement d'une aiguille qu'il arrêta sur la longueur d'onde désirée et obtint peu après la Cité Noé. Lorsqu'il eut fait part au professeur Dahl de leur sensationnelle découverte, le généticien enchaîna :

— Le doute n'est plus permis, des êtres humains ont pu survivre, par un miracle d'adaptation, par l'apparition de facteurs mutationnels à caractères immunisants. Ces hommes ont triomphé des mortelles radiations atomiques dont le monde est empoisonné. Il nous reste à les découvrir. Mais puisque, grâce à l'aubaine inestimable de ce camion-citerne, la question ravitaillement ne se pose plus avec la même urgence, je crois indispensable de réunir ici l'ensemble de notre premier contingent.

« Si les trois camions restés à Dajarra se mettent en route immédiatement, ils peuvent être ici, à Cloncurry, vers onze heures ou minuit au plus tard. Leur présence là-bas perd toute utilité puisque ni cette ville morte ni

Cloncurry que nous, en éclaireurs, venons de visiter n'offrent le moindre intérêt.

« Notre convoi, reformé comme à son départ de la Cité Noé, fera donc le plein de carburant ici. Dès demain matin, il reprendra la route en direction de Townsville, via Richmond, Hughenden et Charters Towers. Si la route est aussi bonne sur ce parcours qu'elle le fut entre Dajarra et Cloncurry, nous pourrons couvrir cette distance — douze cents kilomètres — en quarante-huit heures maximum. Qui sait, peut-être établirons-nous le contact avec les survivants avant d'avoir touché Townsville ?

« Mais même si ce port est désert, si nous ne rencontrons aucun signe de vie dans les villes traversées, nous poursuivrons inlassablement nos recherches tant que nous n'aurons pas trouvé ces survivants. Ils sont... ils ne peuvent pas ne pas être quelque part dans le Queensland. Sans cela, comment expliquer l'utilité de cette réserve de carburant que nous avons eu la chance inespérée de trouver... grâce aux deux pétauroïdes fureteurs ?

« Si nos plans sont bouleversés, notre ligne de conduite, elle, est toute tracée : la tête de pont sera fixée à l'endroit où nous prendrons contact avec les mystérieux survivants. D'ores et déjà, Professeur, les techniciens qui ont remis en état les hélicoptères doivent à tout prix accélérer leur initiation au pilotage. Dans les plus brefs délais, il leur faut être capables de piloter ces appareils pour entreprendre la reconnaissance aérienne du territoire. Par cette méthode, il leur sera plus facile qu'à nous-même de repérer les foyers de civilisation renaissante.

— Dès demain matin, Price, les futurs pilotes accompliront leurs derniers exercices d'entraînement. Vous le savez, théoriquement du moins, ces appareils très perfectionnés possèdent des relais électroniques rendant leur marche quasi automatique. Le rôle du pilote se borne donc à assurer les manœuvres de décollage et d'atterrissage, le reste n'étant guère plus difficile que la conduite d'un camion ! Je suis persuadé que dans quarante-huit heures, les hélicos pourront prendre l'air pour commencer l'exploration aérienne.

— Bravo, Professeur ! Si, en entrant dans Cloncurry, lugubre et mort comme Dajarra, nous avons été envahis par un douloureux découragement, depuis la découverte du carburant — indice probant de l'existence de survivants évolués — nous sommes regonflés à bloc ! J'espère que vous avez enregistré notre liaison radio afin que nos amis restés avec vous dans la Cité Noé puissent en avoir connaissance et attendent avec confiance le jour prochain de leur liberté.

— Rassurez-vous, Price, cette conversation... historique est enregistrée ! Avant une heure, les neuf mille âmes que compte notre refuge l'auront entendue. Maintenant, tout comme avant votre départ pour la grande aventure, je vous redis : bonne chance et puissiez-vous très bientôt rencontrer les descendants de nos ancêtres communs.

Teddy Price rétablit le contact avec son assistant resté à Dajarra :

— Warmley ? Ici, Price. Avez-vous suivi notre...

— Non seulement nous avons tous entendu ce message... extraordinaire mais nous avons immédiatement plié bagages ! Nous roulons déjà depuis un quart d'heure sur la route menant à Cloncurry que nous espérons bien atteindre cette nuit avant onze heures ! Nous marchons à bonne allure et nos phares éclairent une route assez correcte, ma foi. Tout va donc pour le mieux. Notre colonie de pétauroïdes est ravie de cette balade nocturne... car ces bestioles sympathiques ont évidemment tenu à nous accompagner, casées ou accrochées comme elles le peuvent sur nos trois véhicules !...

CHAPITRE VIII

A 11 h 40 du matin le convoi, regroupé dans la nuit à Cloncurry, avait déjà parcouru quatre cents kilomètres sur une route qui, en maints endroits, avait été consolidée et remise en état par les mystérieux survivants.

— Ces travaux sont récents, nota Teddy Price roulant en tête. Nous ne sommes qu'à soixante kilomètres d'Hughenden et je suis impatient d'y arriver. Nous déjeunerons là-bas, soit à l'entrée de la ville, soit après l'avoir visitée.

— A moins, supputa joyeusement l'électronicienne, que les survivants maîtres — éventuels ! — de l'agglomération ne nous invitent à déjeuner ! Nous avons couvert près de dix-neuf cents kilomètres depuis notre départ de la Cité Noé. Nos étapes successives ont été marquées alternativement par l'espoir et le découragement, la joie et le dépit. Je ne serais pas fâchée qu'enfin Hughenden ne nous offre plus le spectacle de désolation propre à toutes les villes mortes laissées derrière nous.

« Quel merveilleux moment sera celui de notre prise de contact avec les descendants de nos ancêtres communs...

Le généticien donna subitement deux brefs coups de klaxon pour signifier aux autres qu'il allait ralentir. Son camion stoppa au bord de la route à hauteur d'un panneau en matière plastique portant cette inscription à la peinture rouge : Hughenden, 35 miles. Zone D. Route déviée à trente miles.

— Pourquoi, cette déviation ? s'interrogea le chef d'expédition. Et que signifie Zone D ?

— Le mieux serait d'aller voir sur place, Ted. Et en prévision d'une perte de temps — les impondérables semblant se multiplier — je propose que nous mangions tout en poursuivant notre route. Qu'en dis-tu ?

— D'accord, Jud, agréa-t-il en communiquant télépathiquement cette consigne aux membres de l'expédition.

***

Vers midi et demi, après ce frugal repas pris dans les véhicules roulant à 80 km/heure de moyenne, le convoi ralentit de nouveau à l'approche d'une bifurcation. L'embranchement de gauche était fermé par une grossière barrière faite de troncs d'arbrisseaux liés les uns au-dessus des autres. Une nouvelle pancarte indiquait : Hughenden 3 miles. Et, au-dessous, en très gros caractères rouges : ZONE D INTERDITE.

L'embranchement de droite, non barré, se signalait par une énorme flèche en matière plastique portant : Charters Towers (D) 225 miles, C.L. Townsville 306 miles.

Teddy Price, perplexe, communiqua mentalement ses réflexions aux autres immunisés :

— C'est la première fois que nous rencontrons, sur un panneau indicateur, la mention Zone D Interdite. Aucune des villes précédemment traversées n'avaient été signalées comme étant interdites. Hughenden — l'exception à la règle — m'intrigue particulièrement. Nous allons donc passer outre à cette interdiction — qui d'ailleurs ne saurait nous concerner, et pour cause ! — et irons explorer la ville avec un surcroît de prudence en raison même de cette énigmatique consigne.

Sans trop de difficultés, la barrière fut déplacée pour permettre au convoi de s'engager sur l'embranchement condamné. Sur deux kilomètres, la route serpentait dans une forêt de broussailles et d'arbrisseaux parés de reflets mauves irisés puis elle s'étirait, bordée de buissons, sur une aire plane, herbeuse, au bout de laquelle apparaissaient les faubourgs d'Hughenden. De loin, les bâtiments — de quatre à cinq étages — offraient un aspect moins terne que ceux des agglomérations déjà visitées. Ici, les toits n'étaient pas effondrés ; les façades et les murs, apparemment, ne portaient aucune lézarde béante. Malgré l'apparente vétusté de certaines constructions, l'ensemble donnait une impression « d'entretien ».

— Bon sang! s'exclama Teddy Price. Regardez les fenêtres ! La réverbération accroche des éclats aveuglants à leurs vitres ! Cette ville est donc habitée !

Les faubourgs n'étaient plus qu'à 500 mètres mais une haie de hauts buissons, à l'amorce d'un virage, masquait le bas des édifices pour n'en laisser voir que les derniers étages. A la sortie du virage, le généticien dut ralentir en apercevant, en contrebas de la route, un bâtiment caché jusqu'alors par les buissons. Il affectait la forme d'un grand parallélépipède de huit mètres sur quinze, haut seulement de trois mètres. Sur ses deux grands côtés, et au nombre de quatre, des lucarnes s'ouvraient. Leur plexiglass était en outre protégé par de solides barreaux d'acier disposés au devant d'un robuste grillage métallique.

Ce massif blockhaus de béton aux abords d'Hughenden excita la curiosité des membres de l'expédition. A terre, et les armes en main par mesure de prudence, ils s'approchèrent de la porte à laquelle on accédait en descendant huit marches. La porte basse de l'édifice était donc au-dessous du niveau du sol. Sur le blindage en acier, une plaque gravée mentionnait : Block Sud — Distribution Générale.

Derrière la massive porte métallique on percevait un ronronnement de machines. Les visiteurs, en vain, heurtèrent de leurs poings et de la crosse de leurs armes la froide surface chromée. Déçus, ils remontèrent et, par les lucarnes, cherchèrent à distinguer l'intérieur de la bizarre construction. Ils n'aperçurent aucune présence humaine mais remarquèrent un long alignement de machines ressemblant à de gros moteurs Diesel d'une ère révolue. Un grand panneau mural constellé de voyants lumineux jetait des éclats polychromes sur les carters brillants des multiples machines. A chaque clignotant correspondait une commande : volant, bouton, contacteur et disjoncteur. Une rangée de touches multicolores scintillaient sur un clavier vertical à droite du panneau mural.

De chaque carter recouvrant l'alignement des machines partaient des tubes en col de cygne dont l'orifice biseauté surplombait des bacs en matière plastique translucide. Ces bacs, côte à côte, reposaient sur un long tapis roulant, actuellement arrêté, et dont l'extrémité aboutissait à un plan incliné disparaissant dans le sous-sol.

— Je ne comprends rien à ces machines ni à cette installation, avoua la jeune électronicienne. J'aimerais bien pouvoir les examiner de près et, surtout, jeter un coup d'œil sur leurs organes internes. Il semble bien, a priori, que ces tubes en col de cygne sont destinés à verser dans ces bacs en liquide, mais lequel, et dans quel but ?

— Nous pourrions probablement nous débarrasser des verrous de la porte blindée en attaquant le métal au chalumeau, mais je me refuse à pénétrer par effraction dans ce block. Si la chose était possible dans un monde mort, elle devient illégale dans un monde que nous savons être remis en activité par les survivants naguère ignorés. Tôt ou tard, nous aurons l'explication de l'utilité de ces machines. Pour l'heure, allons visiter Hughenden qui présente indiscutablement des signes « d'occupation ».

— Un détail me chiffonne, Ted, confessa Judith. Nos camions à turbines sont assez bruyants et, de par leur masse et leur nombre, fort bien visibles de loin. Or, nous ne sommes qu'à cinq cents mètres de la ville et, jusqu'à présent, personne n'est venu nous souhaiter la bienvenue !

— Cette coutume est peut-être tombée en désuétude, Jud ! plaisanta-t-il. Mais je crois plus simple de penser que les survivants, occupés à leurs travaux — peut-être à l'autre bout d'Hughenden — n'ont pas encore vu nos véhicules ni entendu le grondement de leurs turbines.

Ils remontèrent les marches et s'aperçurent que les pétauroïdes, ayant déserté les camions, s'étaient égaillés dans la nature. Une vingtaine d'entre eux sautillaient, loin déjà, sur la route à moins de cent mètres des premières maisons.

— Nos amis marsupiaux sont bien pressés d'aller reconnaître les lieux.

— Voilà qui est assez rassurant, opina Judith. Leur instinct du danger, très développé, ne s'est donc pas manifesté. Nous pouvons les suivre sans crainte de...

Elle fut interrompue par un concert de cris plaintifs poussés par les créatures parties en avant-garde et qui, maintenant, rebroussaient chemin avec précipitation. Elles n'allèrent pas bien loin cependant et s'arrêtèrent pour jeter des regards inquiets vers les lieux qu'elles venaient de quitter. La haie de buissons bordant la route en cet endroit ne permettait pas aux émigrants de distinguer la cause de cette débandade.

Ils remontèrent dans les camions et, prudemment, les armes à leur portée, se remirent en marche. Après un second virage, la route suivait une ligne droite jusqu'aux premières maisons. Toutefois, elle était barrée par un haut portail métallique à claire-voie. De part et d'autre du portail et à perte de vue s'étirait une quadruple clôture grillagée haute de cinq mètres.

— Bigre ! tiqua le chef d'expédition. A quel

besoin peuvent bien répondre ces quatre clôtures parallèles ? Elles se déploient en arc de cercle et doivent apparemment ceinturer la ville. Les haies de buissons, sur la route, nous les avaient cachées...

Des pétauroïdes, au nombre de huit, s'approchèrent de la clôture afin de l'escalader mais, sitôt qu'ils eurent posé leurs « mains » sur le robuste grillage, ils firent un bond en arrière en jetant des clameurs épouvantées.

Les réactions des marsupiaux furent faciles à interpréter.

— Cette clôture est électrifiée ! s'écria le chef d'expédition, interloqué.

Les camions stoppèrent à une dizaine de mètres du portail monumental également grillagé. Un espace de cinq mètres séparait chacune des quatre clôtures parallèles mais seules les deux clôtures du milieu étaient dépourvues de portail et prenaient simplement naissance en bordure de la route. Les autres — c'est-à-dire la première, à l'extérieur, et la quatrième, à l'intérieur — possédaient un portail.

S'approchant à pied du premier, les immunisés remarquèrent, au-dessus d'une manette noire de disjoncteur, une plaque rectangulaire portant cette inscription : « Commande d'ouverture à main. La fermeture du 2e portail rétablit le courant dans l'ensemble des clôtures. A n'utiliser qu'exceptionnellement. »

— Je ne saisis pas, absolument pas, l'utilité

de cette clôture électrifiée que tout un chacun peut rendre inoffensive en abaissant simplement cette manette, s'étonna le Dr Decker.

— Relisez mieux, toubib, conseilla Price. La fermeture du second portail rétablit le courant dans l'ensemble des clôtures. Autrement dit, tout un chacun peut ouvrir ce premier portail et couper le courant d'ici, de l'extérieur. Mais, de l'intérieur, personne, logiquement, d'après cette inscription, ne doit pouvoir ouvrir l'autre portail et interrompre le courant.

— D'accord, mais en quoi réside l'utilité de cette clôture ? Elle n'a tout de même pas pour objet d'interdire aux habitants de sortir de la ville ! Le caractère insolite de ce dispositif mérite que nous allions en chercher l'explication derrière ces grillages. Toutefois, comme il serait très désagréable de rester prisonniers de ces clôtures électrifiées, je suggère que six d'entre nous restent à l'extérieur. Ils garderont les camions et commanderont l'ouverture des portails lorsque nous aurons achevé notre tour d'inspection et serons prêts à sortir…

— Une minute, Docteur, intervint Price qui depuis un moment examinait attentivement le sol. Avez-vous remarqué la différence de coloration de la terre, de part et d'autre des clôtures ? De notre côté, la terre conserve à peu près sa teinte jaunâtre ordinaire, plus claire toutefois qu'à une vingtaine de mètres derrière nous. Mais au-delà des clôtures, elle est presque blanche. Les buissons et arbrisseaux qui poussent de place en place sont aussi très clairs, blanchâtres et non plus mauves. Ne dirait-on pas qu'ils portent les traces de pulvérisations répétées d'insecticide ou autres produits chimiques employés jadis en agriculture ?

— C'est juste, approuva le médecin qui, après réflexion, s'empara des jumelles prismatiques pendues sur sa poitrine afin d'observer les immeubles de la ville. Ça, murmura-t-il après mise au point, c'est vraiment curieux. Ce que nous prenions d'abord pour des murs et des façades restaurés sont tout simplement des murs accusant cette même couleur claire. Toute la ville — ou du moins le secteur visible d'ici — semble avoir reçu le même genre de pulvérisation...

— Et cet avertissement sur le panneau, à la bifurcation des routes ? Nous le retrouvons sur ce portail en énormes capitales : ZONE D INTERDITE. Ne croyez-vous pas qu'il y ait entre cette interdiction et la présence sur toute cette... *zone* d'une substance blanchâtre une corrélation évidente ?

— Voulez-vous mon avis, Price ? sourit Decker. La cause à peu près sûre de cet état de fait est tellement évidente qu'elle nous a échappé, à nous, immunisés. Cette zone, d'abord occupée par les survivants, a dû par la suite être abandonnée — assez récemment —

parce que beaucoup trop chaude ! Les survivants se sont peut-être adaptés à un taux de radiations très élevé comparativement au degré toléré par l'organisme de nos ancêtres, mais ils peuvent encore n'être pas tout à fait immunisés en présence d'une radioactivité atteignant un taux que nous ignorons. C'est pourquoi, ayant constaté chez eux des symptômes de contamination, les habitants d'Hughenden ont dû condamner leur cité après l'avoir évacuée, se réservant d'y retourner dans plusieurs décennies ou plusieurs... siècles. Ils ont dû cependant au préalable tenter d'amoindrir ce taux radioactif dangereux par des pulvérisations répétées de substances pouvant, probablement, accélérer le processus de « vieillissement » des éléments radioactifs en vue de réduire considérablement leur période de vie moyenne. Mais, devant l'échec de cette tentative, ils furent contraints d'abandonner cette zone particulièrement chaude.

Judith Lightgow fit une moue dubitative et, avec une logique bien féminine, objecta :

— Dans ce cas, si la ville est abandonnée, pourquoi gaspiller de l'énergie à faire fonctionner certaines machines du block sud de distribution générale ?

— A priori, Jud, ton objection est valable, mais le fait que ces machines automatiques fonctionnent en permanence ne me paraît pas incompatible avec l'hypothèse de Decker. Nous ne savons pas à quel usage ces machines sont destinées ; peut-être entretiennent-elles précisément le processus de vieillissement accéléré des particules radioactives dont cette ville paraît être saturée ? Auquel cas, si Hughenden est contaminée à l'extrême par les radiations, nous n'encourrons aucun danger à la visiter puisque nous sommes absolument immunisés.

« Toutefois, l'interdiction de franchir cette clôture est peut-être motivée non point par une radioactivité léthale mais par la présence d'un péril aussi insoupçonnable — pour nous — que le fut celui dont les cracheurs nous révélèrent tragiquement l'existence. Par ailleurs, le laconisme de cet avertissement — Zone D Interdite — doit dans l'esprit des mystérieux survivants être amplement suffisant pour se voir respecté...

— Eh ! Regardez, là-bas ! lança Reginald Burns en désignant un immeuble assez éloigné. Une fenêtre vient de s'ouvrir et j'ai vu un homme s'éloigner, se reculer à l'intérieur de la pièce. C'est le bref éclat, le miroitement des vitres un instant exposées aux rayons du soleil qui attira mon attention.

— Vous êtes certains que quelqu'un a bien ouvert cette fenêtre ?

— J'en suis positivement sûr...

— Dans ce cas, la ville est encore habitée

mais, sans que nous puissions savoir pourquoi, elle est zone D interdite. Nous allons donc tenter deux expériences préliminaires avant d'encourir les dangers qui peuvent nous guetter derrière ces portails. La première consiste à faire usage de nos dons télépathiques... C'est tellement simple qu'aucun de nous n'y a songé ! Si, véritablement, des humains occupent Hughenden, nous devons percevoir leurs pensées. Essayons d'abord cette expérience...

Ils se concentrèrent et, en état de réceptivité maximale, s'efforcèrent de déceler des manifestations psychiques autres que celles de leur groupe. Au bout d'un long moment, ils s'entre-regardèrent avec des mines à la fois perplexes et incrédules. Songeur et préoccupé par ses propres constatations, Teddy Price se fit l'interprète de l'opinion générale :

— C'est assez extraordinaire — et vous aussi, vous l'avez constaté — mais les seules activités mentales que j'ai pu déceler ne répondent pas du tout aux processus de pensées habituels. Je n'ai pas pu fixer ou isoler une seule pensée cohérente, ordonnée ! Mais cela provient peut-être du fait qu'en l'absence d'une longue pratique de la télépathie, les innombrables trains de pensées émis par une foule — en l'occurrence, la population d'Hughenden — se traduisent dans notre esprit par une ripopée psychique sans signification. Nous sommes peut-être submergés télépathiquement et incapables d'isoler une émission individuelle.

— Quelle est donc la seconde expérience à laquelle vous faisiez allusion ? s'enquit le médecin en s'abstenant discrètement de sonder l'esprit de son chef.

— Celle-ci, Docteur. Puisque notre tentative d'introspection psychique a échoué mais nous a révélé l'existence de nombreux habitants dans cette ville, nous allons les appeler en klaxonnant longtemps et à plusieurs reprises. Nous sommes trop proches pour qu'ils n'entendent pas nos avertisseurs...

Un concert de cris étranges, de vociférations inarticulées retentit au loin et se rapprocha. Soudain, de l'avenue dont on apercevait l'extrémité à moins de deux cents mètres au-delà des grilles déboucha une cohorte hurlante qui stupéfia littéralement l'expédition groupée devant le premier portail.

— Mon Dieu ! Ted, quelle abomination ! gémit la jeune électronicienne en saisissant avec vivacité le bras du généticien.

Les yeux révulsés, elle grimaçait d'horreur devant cette foule toujours grossissante de nains au crâne énorme, déformé par des pustules verdâtres ou sanguinolentes, aux membres grêles et tordus, déformés, à la peau squameuse grisâtre, aux yeux injectés de sang et aux lèvres purulentes. Outre les nains macrocéphales, des hommes et des femmes squelettiques, échevelés, aux yeux hagards, au torse labouré de tumeurs infectes dépassaient nettement de leur taille à peu près normale la multitude des gnomes glapissants. Les uns et les autres ne portaient sur leur corps repoussant qu'un short noir et chaussaient des sandales en matière plastique également noire.

— C'est ça, les survivants évolués qui récupérèrent les matériaux précieux des villes mortes, qui fabriquèrent le carburant B et remirent en état le camion-citerne ? articula le Dr Decker, effaré.

— Non, toubib, la chose est rigoureusement impossible. Ces macrocéphales, d'une taille très inférieure à la normale, au corps rongé par des tumeurs cancéreuses, sont des êtres tarés, incapables de la moindre pensée cohérente. Quant aux autres, plus grands mais au faciès sournois ou ravagé de tics, hurlant comme des damnés, je ne crois pas être dans l'erreur : ce sont des déments !

— Indiscutablement, opina le médecin. Leurs gesticulations désordonnées, leurs glapissements et leurs regards hallucinés trahissent un très grave désordre mental. Toutes ces loques humaines — car en dépit de leur horrible condition, de leurs tares, ce sont des êtres humains — présentent sans exception des symptômes de tumeurs cancéreuses tels qu'en présentaient nos ancêtres lors de l'agonie de leur civilisation.

— C'est effarant ! bredouilla le généticien. La descendance tarée, dégénérée, des humains s'est donc maintenue tant bien que mal au milieu de l'enfer radioactif ! Cependant, chaque génération doit voir mourir un nombre effroyablement élevé de nouveaux-nés, d'enfants et même d'adultes. Certes, l'espèce dégénérée est à coup sûr condamnée, mais sa disparition complète exigera peut-être encore des générations.

Il fit une pause subite, tiqua et parut réfléchir à ce qu'il venait de dire puis s'exclama :

— « D » ! Dégénérés ! Voilà à peu près sûrement la signification de cette lettre énigmatique, ce qui nous donne alors, pour l'avertissement de la pancarte : Zone de Dégénérés Interdite ! La Zone D est donc une réserve où sont parqués les monstres tarés... En définitive, le problème reste entier : quels types d'êtres créèrent cette réserve ?

« Oh taisez-vous donc ! grinça-t-il à l'adresse des pétauroïdes.

Ces derniers, surexcités par la présence tumultueuse des gnomes et des déments, criaient à leur tour plus fort qu'eux, gesticulaient, agitaient furieusement leurs membranes latérales et trépignaient sur place. L'un des marsupiaux eut l'idée de ramasser une pierre en bordure de la route et de la lancer contre le portail, tentative évidemment vaine pour atteindre les Dégénérés qui, groupés à une dizaine de mètres du portail intérieur se trouvaient donc à près de trente mètres des émigrants. Le diamètre du projectile ne lui aurait d'ailleurs point permis de passer au travers du grillage.

Le geste du pétauroïde inspira ses congénères. Bientôt, les bras chargés de gros cailloux, ils se mirent à bombarder frénétiquement le portail et la clôture. Leurs cris, ajoutés aux clameurs et vociférations des Dégénérés, exaspéraient Teddy Price. Il s'apprêtait à les houspiller vertement mais n'en fit rien : de part et d'autre, les cris s'étouffèrent comme par enchantement. Le généticien et ses amis furent tellement abasourdis qu'ils mirent plusieurs secondes avant de réaliser exactement la cause de ce silence subit. Lancée par l'un des pétauroïdes une pierre avait tout simplement, en heurtant la poignée de commande, déclenché l'ouverture des deux portails et interrompu le courant dans les clôtures protectrices.

— Soyez prêts à tirer ! recommanda le chef d'expédition cependant qu'affolés, les marsupiaux déguerpissaient en bondissant vers les camions.

Un moment éberlués par le résultat fort imprévu de ce bombardement de cailloux, les Dégénérés finirent par comprendre quelle aubaine inespérée venait de leur échoir. Avec des cris gutturaux, ils se ruèrent en masse par les portails ouverts, insouciants de piétiner ceux qui trébuchaient et s'écroulaient, écrasés par cette marée monstrueuse.

— Feu à volonté ! ordonna télépathiquement le chef d'expédition en donnant l'exemple. Ces créatures porteuses de germes ne doivent pas se répandre dans la nature et infecter ainsi ceux avec lesquels elles seraient en contact !

Pendant une vingtaine de secondes, fusils et pistolets crachèrent leurs balles en un feu nourri, semant la mort dans les rangs des gnomes et déments contagieux. Mais, sans arrêt, les Dégénérés sortaient de la ville et se précipitaient vers les portails, renforçant d'une manière permanente les candidats à l'évasion. Toutefois, la véritable hécatombe résultant du tir soutenu des émigrants avait tempéré l'ardeur forcenée des premiers éléments qui, maintenant, tentaient de battre en retraite. Hélas, ils n'en étaient pas moins forcés d'avancer, poussés inexorablement par le flot continu de ceux qui affluaient de toutes parts.

Teddy Price modifia sa tactique, lança des ordres en conséquence et, muni d'une scie ultra-sonique, il s'avança, flanqué du Dr Decker et de ses assistants Robert Warmley et Reginald Burns. Lâchant à intervalles réguliers un faisceau d'ultra-sons, ils balayaient la multitude hurlante et fauchaient des grappes compactes de gnomes et de déments qui mordaient la poussière, tués sur le coup. Ces effroyables ravages endiguèrent la marée inhumaine qui, frappée de terreur, l'écume aux lèvres et les yeux exorbités stoppa son avance et, dans une mêlée indescriptible, reflua vers la ville.

Enjambant prudemment les cadavres en s'efforçant de ne point les toucher, Price et ses amis parvinrent jusqu'au premier portail et relevèrent vivement la manette accidentellement abaissée par le jet de pierre d'un pétauroïde. Les deux lourds portails de métal glissèrent dans leurs alvéoles, repoussèrent les quelques cadavres tombés en travers des rails et se refermèrent avec un claquement sec.

— Grand Dieu ! balbutia le chef d'expédition en soulevant son casque colonial pour s'éponger le front. Si nous avions été submergés, ces monstrueuses créatures — bien à plaindre, en vérité — auraient envahi la campagne et semé sur leur chemin les germes d'innombrables maladies !

— Je frémis en songeant à ce qu'il aurait pu nous arriver si, passant outre à l'interdiction, nous avions franchi ces portails et étions entrés sans armes dans la ville !

— Nous devons repartir immédiatement, décréta le généticien, et prendre contact au plus tôt avec les survivants... — les vrais — pour les mettre au courant de notre cruelle imprudence. Je pense qu'ils auront les moyens de venir très rapidement sur les lieux pour faire disparaître ces centaines de cadavres et désinfecter le terrain. Même si nous répandions sur ces corps des milliers de litres de carburant, et y mettions le feu, il est probable que nous ne parviendrions pas à les incinérer complètement.

— Nous devons en tout premier lieu absorber une double dose de B.99.H, préconisa le Dr Decker. Nous avons été certainement pollués par des germes dont l'action sur notre organisme pourrait s'avérer désastreuse. Doubler la dose de ce puissant antibiotique polyvalent est donc parfaitement indiqué.

Ils regagnèrent promptement les camions et trouvèrent Loretta Gibson appliquant déjà cette drogue à ses camarades suivant les consignes télépathiques du médecin. Quelques minutes plus tard, les véhicules à turbines, après un large virage dans la terre meuble, regagnèrent la route pour foncer en direction de l'est, vers Charters Towers ou, si l'état de la voie autorisait une vitesse maximum, vers Townsville situé à quatre cent quatre-vingt-dix km d'Hughenden.

Le convoi venait de disparaître à un virage, lorsque, parmi les cadavres amoncelés au devant du portail extérieur, un corps bougea, laissa échapper des gémissements puis, avec peine, se mit debout. Blessé à l'épaule et au visage, l'être taré tituba et promena des yeux hagards sur les centaines de cadavres. La bouche tordue, il s'approcha du portail en hurlant. Par deux fois il trébucha et tomba sur les corps inertes, rampa, se releva et parvint à saisir la manette commandant l'ouverture des deux portails. Dans un sursaut d'énergie, ses doigts se refermèrent sur la manette. Epuisé, le dément s'effondra contre la grille, glissa mollement et perdit connaissance sans avoir lâché la commande maintenant enclenchée. Déverrouillés, les portails de métal libérèrent la route en laissant le champ libre à des milliers de Dégénérés poussant des glapissements de rage...

CHAPITRE IX

Sur une route maintenant excellente, les camions, dans un assourdissant vrombissement de turbine, roulaient à 150 km/h. A ce régime, le convoi devait pouvoir toucher dans la soirée le port de Townsville, quatre cent quatre-vingt-dix km plus à l'est.

D'humeur sombre, le chef d'expédition pétrissait de ses doigts nerveux le volant du véhicule. A ses côtés, Judith Lightgow sondait son esprit, chagrinée de le savoir aux prises avec des pensées chargées de remords.

— Nous avons été d'une imprudence folle, finit-il par grommeler. Des centaines de Dégénérés sont morts par notre faute...

— Nous étions forcés d'agir comme nous l'avons fait, Ted. Nulle parole de menace ou de raison n'aurait pu les arrêter. Si nous n'avions pas ouvert le feu, ils nous auraient submergés et se seraient enfuis.

— Sans doute, soupira-t-il. Dans cette éventualité, ces morts-vivants auraient infesté la nature de leurs microbes, risquant de provoquer d'effroyables épidémies. Dieu merci ! l'absence de population sur le territoire que nous avons traversé me rassure. La propagation de ces germes se fera donc plus lentement que dans un milieu richement peuplé. Avant que le régime des vents n'ait véhiculé au loin ces microbes, il est à souhaiter que l'on puisse tout mettre en œuvre pour limiter leur dispersion.

Sautant à un tout autre sujet, l'électronicienne observa :

— Je ne comprends pas pourquoi toutes nos tentatives d'appel-radio sont restées vaines. Si les survivants ont à leur disposition les moyens techniques que nous soupçonnons, ils doivent obligatoirement posséder des émetteurs-récepteurs. Or, toutes nos tentatives faites pour entrer en communication avec eux ont échoué...

— Peut-être est-il encore trop tôt, Jud. Nos premiers appels furent lancés au début de l'après-midi et il n'est pas tout à fait 16 h. Nous n'avons pas épuisé la gamme de toutes les longueurs d'ondes.

La jeune électronicienne allait essayer de nouveau d'émettre sur diverses fréquences mais elle laissa son geste en suspens. La main au-dessus du second microphone du tableau de bord, elle fronça les sourcils, intriguée par deux points brillants dans le ciel, discernables à travers le pare-brise.

Teddy Price venait de les apercevoir, grossissant rapidement.

— Seigneur ! Mais... ce sont des avions ! exhala-t-il, médusé.

— Ne serait-ce point nos hélicoptères ? hasarda-t-elle en cherchant à deviner la forme exacte des aéronefs scintillant au soleil.

— Non ! Regarde, Jud, ils n'ont aucune pale sustentatrice. Ce sont des jets !

Tout à coup, ils tressaillirent et le chef d'expédition donna deux brefs coups de klaxon pour faire stopper le convoi. Le généticien et sa compagne s'entre-regardèrent, n'osant parler. Dans leur esprit, il leur avait semblé percevoir un appel psychique dont ils étaient certains qu'il n'émanait d'aucun des leurs. Soudain, plus distinct, un message télépathique leur parvint au moment où les deux avions s'éloignaient l'un de l'autre, le premier poursuivant son vol rectiligne et le second amorçant une descente au ralenti en direction des camions.

— Est-ce vous qui avez ouvert les barrières de la zone interdite ?

Teddy Price, la gorge sèche, dut faire un effort surhumain pour chasser de son esprit les pensées vagabondes qui s'y mêlaient. Il mit une demi-minute avant de pouvoir concentrer sa volonté pour émettre correctement une réponse télépathique :

— Oui, mais nous avons agi en ignorant tout des risques qu'une telle chose pouvait entraîner. Nous avons dû abattre de très nombreux Dégénérés avant de pouvoir refermer les deux portails de la Zone D.

— Bon Dieu ! émit l'énigmatique interlocuteur télépathe. Vous avez dû bien mal les refermer ! A cette heure, les circuits d'alarme indiquent sans aucune erreur possible que les clôtures électrifiées ne le sont plus ! Les Dégénérés ont dû s'égailler dans la nature et répandre autour d'eux leurs germes infectieux.

L'avion aux ailes en delta bascula lentement sur lui-même et se posa verticalement sur son train d'atterrissage caudal, non loin des camions. Ses multiples réacteurs diminuèrent progressivement leur grondement et, dans la cabine avancée s'ouvrit une écoutille ovale. Par une multitude d'orifices pratiqués le long du fuselage sortirent les « barreaux » d'une échelle métallique. Un pilote en combinaison de vol claire franchit l'écoutille à reculons et descendit lestement les degrés de l'échelle.

Le chef d'expédition et ses compagnons, émus de pouvoir enfin contempler l'un des survivants de la race disparue, se hâtèrent vers l'avion dont le nez effilé pointait vers le ciel. Ils arrivèrent à l'instant où le pilote, abandonnant les derniers échelons, se retournait d'une pièce. Les émigrants s'arrêtèrent net, pétrifiés de stupeur. Judith Lightgow et certaines femmes du groupe esquissèrent même un mouvement de recul instinctif tellement ce qu'elles découvraient leur paraissait ahurissant. Pour leur compte, les pétauroïdes s'étaient précipitamment cachés derrière les camions.

Le pilote qui se tenait devant les émigrants n'offrait physiquement aucune anomalie. Sa combinaison de vol aurait pu être celle de n'importe quel aviateur. Ses traits étaient ceux d'un homme jeune, énergique, sympathique, mais sa peau était *bleue*, d'un bleu lapis-lazuli brillant ! Ses yeux, au regard vivace, présentaient une coloration jaune-or pour la pupille et mauve pour l'iris. Les mèches de cheveux dépassant de son casque étaient d'une teinte orangée.

Il haussa ses sourcils rougeâtres dans une mimique d'étonnement à la vue de la profonde impression qu'il semblait inspirer à ce groupe d'hommes et de femmes dont la peau claire ne l'émouvait pas le moins du monde.

— Ma parole, grommela-t-il d'une voix grave, qu'est-ce que vous avez à me regarder comme ça ? Et quel besoin avez-vous eu d'ouvrir les portails sud de la Zone Interdite ?

Rompant le mutisme dans lequel sa stupéfaction l'avait plongé, Ted fit un pas en direction de l'homme bleu et lui tendit la main avec une indicible émotion :

— Mon nom est Teddy Price... Mes... camarades et moi venons de la Cité Noé, une ville étanche qui, depuis des siècles a...

— Très heureux, coupa assez sèchement le pilote. Je viens aussi de la Cité Noé, figurez-vous, mais le temps n'est pas aux...

— Vous... !

Le généticien resta muet : la réplique du pilote l'avait suffoqué. Il battit des paupières et ses lèvres furent agitées par un léger tremblement nerveux avant qu'il ne puisse articuler :

— Vous venez... aussi de la Cité Noé ?

— Pas directement, évidemment ; il y a déjà deux ans que je suis arrivé en Australie...

— Excusez-moi...

— Fergusson, Norman Fergusson, précisa impatiemment le pilote à peau bleue.

— Excusez-moi, Fergusson, insista le généticien, mais il y a sûrement une erreur. Vous dites venir de la Cité Noé, or, nous sommes les premiers à avoir pu quitter cette ville protégée des radiations par un dôme énergétique absolument étanche.

— Possible, admit l'aviateur. Je ne revendique nullement l'honneur d'être un des premiers à avoir quitté la Cité.

— Pardonnez-moi, intervint Judith Lightgow, mais le malentendu persiste. Vous n'avez matériellement pas pu quitter la Cité Noé pour deux raisons évidentes et indiscutables ;

d'abord parce que nous sommes les seuls à avoir jamais franchi le sas de son dôme énergétique. Ensuite parce que... (elle hésita puis lâcha tout d'une traite :) parce que nous n'avons jamais eu un habitant dont la pigmentation ait quelque chose d'identique à la vôtre !

— Le plus extraordinaire, dans cette histoire abracadabrante, c'est que vous semblez persuadés de sa véracité ! s'indigna le pilote. Vous n'allez pas me faire croire que, depuis votre naissance, vous n'avez jamais vu un seul des trois mille mutants bleus de la Cité Noé !

— Trois... trois mille mutants bleus ? bégaya le généticien, interloqué. Vous... Vous êtes un mutant ?

— Ça se voit, non ? maugréa l'aviateur, exaspéré. Que manigancez-vous avec vos questions idiotes et vos simagrées ?

— Sapristi, Fergusson ! répliqua le chef d'expédition. Ou nous sommes fous à lier, ou bien c'est vous qui nous jouez la comédie ! Il n'y a jamais eu un mutant — bleu ou autre — dans la Cité Noé et à plus forte raison trois mille ! J'ai étudié l'historique du Projet Noé depuis sa création en 1995, il y a donc deux cent trente ans, et je suis prêt à vous certifier qu'il n'y...

— Pardon, rectifia le pilote, la Cité Noé n'a pas été créée en 1995 mais en 2000. Cette date est trop importante pour qu'on puisse l'oublier ou...

Le mutant n'acheva pas sa phrase. Ses yeux jaunâtres étincelèrent cependant que son visage d'un bleu brillant reflétait la plus intense des surprises. Lassé par ce chassé-croisé oratoire, il venait de sonder télépathiquement l'esprit du chef d'expédition pour s'assurer de ses pensées « véritables ». Sa découverte l'avait bouleversé.

— C'est incroyable ! Vous venez donc vraiment d'une Cité Noé cachée dans le grand désert de sable australien ! Nous n'avions aucune chance de nous mettre d'accord puisque, dans notre entêtement, nous avions mutuellement raison. La Cité Noé dont je vous parle n'est pas la vôtre mais la mienne, située dans la jungle de l'Amazone, au cœur du Brésil ! (1).

Cette révélation plongea les émigrants dans une sorte d'hébétude, mais cet état fut de courte durée et céda la place à une joie débordante.

Pressé de questions par le pilote, Teddy Price dut différer les siennes et narrer succinctement l'odyssée de son expédition rendue possible par la découverte d'un traitement immunisateur contre les radiations.

— Ainsi, songea tout haut Fergusson, vous n'êtes pas, comme je l'ai cru en vous apercevant, des mutants de race blanche insensibles

(1) Lire *La mort de la vie.*

aux rayonnements (1) mais des humains artificiellement immunisés ! Votre Cité Noé ne vit donc jamais naître un seul mutant de race bleue ! Je ne suis pas très versé en génétique, mais je crois pouvoir expliquer ce phénomène.

« Votre cité australienne fut créée en 1995, à une époque où le degré radioactif ambiant — quoique dangereux — n'avait pas atteint un taux de virulence suffisant pour déclencher dans les gènes de vos ancêtres des accidents mutationnels. A l'inverse de notre propre cité fondée cinq ans plus tard, la population de la vôtre a donc bénéficié d'un répit supplémentaire de cinq années. Ce sursis providentiel abrita vos ancêtres des effets radioactifs alors proches du seuil de tolérance maximale.

« Vous n'êtes pas sans savoir que l'Océan Pacifique fut, pendant plusieurs décennies, le théâtre des essais des bombes A ou H que les hommes d'alors — ces monstrueux insensés ! — firent exploser par centaines. L'Australie, de ce fait, était au premier chef menacée par les nuages radioactifs qui polluèrent insensiblement notre atmosphère, nos mers et inévitablement ensuite les continents.

« Il est donc à peu près certain que l'Australie — plus tôt encore que le Brésil où s'élevait notre Cité — bénéficia d'une déviation artifi-

(1) Lire *Le règne des mutants,* même auteur, même collection.

cielle des jets streams entraînant dans la haute atmosphère les poussières et particules radioactives.

« Ainsi, vos lointains parents furent soustraits au péril atomique cinq années avant les nôtres. Ayant quitté à temps la surface du globe où les poisons radioactifs allaient bientôt contaminer l'ensemble des humains — mais aussi tous les êtres vivants — leurs cellules reproductrices ne furent point altérées ou lésées. Aucun mutant ne vit donc le jour dans votre Cité Noé... alors qu'il en naquit, au cours des générations passées, des milliers dans notre refuge dissimulé au sein de la jungle amazonienne.

« En 2214, voici déjà neuf ans, nous apprîmes, à la suite d'un extraordinaire concours de circonstances que nous, mutants bleus, étions naturellement immunisés contre les radiations. Dans ces conditions, nous ne tardâmes pas à quitter la Cité Noé sud-américaine pour gagner les Etats-Unis d'Amérique. Là-bas se développaient les rares survivants de l'humanité disparue, survivants parce que de races mutantes bleue ou blanche insensibles à la radioactivité. Je crois vous avoir dit, déjà, qu'il existe des mutants blancs doués de pouvoirs psychiques supra-normaux.

« Ces deux races nouvelles constituaient aux Etats-Unis l'embryon de la société future. D'une remarquable intelligence et jouissant d'une étonnante facilité d'adaptation, ils avaient su tirer parti des modestes ressources dont ils disposaient. Groupés à New York, partiellement en ruine, ils avaient créé une Académie de Sages dont le but était de faire progresser la civilisation renaissante. Il leur manquait évidemment des techniciens et savants, capables de les guider, de les faire avancer sur la voie du progrès.

« Mes congénères de la Cité Numéro Un — donnons-lui donc un numéro puisque la vôtre, « découverte » aujourd'hui seulement, sera pour nous la Cité Noé Numéro Deux — mes congénères du Brésil, donc, gagnèrent les Etats-Unis. Dès lors, ils furent pour leurs frères nord-américains les savants et techniciens éducateurs dont ils avaient grand besoin.

« Depuis neuf ans, nous avons ensemble donné l'essor à une nouvelle civilisation mutante, proche d'égaler celle de nos ancêtres communs. Toutefois, nous en avons banni l'énergie atomique, responsable de la Grande Catastrophe qui décima l'humanité il y a plus de deux siècles.

« Nombre d'usines, de laboratoires et centres de recherches, aux USA principalement, ont été reconstruits et sont maintenant en pleine activité. Cet avion, fit-il en désignant du pouce le jet posé verticalement, derrière lui, sur son train d'atterrissage caudal, fut entièrement construit par des techniciens mutants que nous avons formés à New York.

« Une colonie, ou plutôt un Clan, fut établi à Brisbane, moins endommagé que Sydney. Mes frères de race et moi-même, venus de la Cité Noé Numéro Un via New York, y avons regroupé les mutants australiens au nombre de trente mille seulement. Pour la commodité d'application de notre programme d'instruction rationnelle accélérée, nous les avons réunis à Brisbane qui, jadis, abritait plus de cinq cent mille habitants.

« Pour ce faire, et considérant la rareté de certains matériaux même à l'heure actuelle où nos usines commencent à produire, nous avons dû visiter la plupart des villes australiennes. Pourvus de gros camions, nous les avons méticuleusement « vidées » de tous matériaux et objets susceptibles de nous être utiles dans la reconstruction ou la restauration des immeubles et machines de Brisbane.

— Voici donc pourquoi nous ne rencontrâmes que des bâtiments vides et « nettoyés » de tous les objets que nous espérions récupérer ! sourit Teddy Price. Une exception, toutefois. Je dois vous avouer, Fergusson, le pillage de votre réserve de carburant laissé par vous dans un ancien garage de Cloncurry ! Sans ce carburant B, nous aurions dû attendre des semaines avant de pouvoir en recevoir un stock important en provenance de la Cité Noé.

— Ce pillage, sourit à son tour le mutant, n'aura aucune conséquence fâcheuse, rassurez-vous ! Nous reconstituerons le stock dans quelques jours.

— En somme, résuma Judith Lightgow, la totalité de la population australienne est concentrée à Brisbane.

— La population mutante blanche et bleue, seulement. Les descendants tarés et dégénérés de nos ancêtres ont été logés à Hughenden, la zone interdite dont vous avez imprudemment ouvert les barrières ! De nos jours, les Dégénérés sont à l'abri de la faim et de la souffrance physique. Jadis, ils erraient par bandes affamées et s'entre-tuaient pour se voler les maigres vivres — fruits, baies sauvages, gibier et poissons — que les autres avaient pu se procurer.

« Nous les avons donc parqués dans cette réserve — il y sont au nombre de sept mille — où nous avons installé un block de distribution générale. Cet ensemble de machines automatiques fournit chaque immeuble occupé par les Dégénérés en eau, en courant électrique et en aliments — sous forme de gelées nutritives dont la saveur varie d'un jour à l'autre.

« A ces aliments sont additionnés des composés chimiques insipides aux propriétés stérilisantes qui, sans annihiler la fonction génésique des Dégénérés, leur interdit cependant de se reproduire. Nous avons ainsi résolu le problème de leur présence dangereuse et indésirable. En effet, à bien des égards, ces créatures sont dangereuses : primo par les germes et microbes qu'elles véhiculent et distribuent sans cesse ; secundo par la haine et la sauvagerie dont elles font montre vis-à-vis de nous. Avant notre venue en Australie comme aux Etats-Unis, les Dégénérés attaquaient fréquemment les mutants isolés ou parfois enlevaient de jeunes mutantes.

« Nous nous sommes interdit la cruauté d'une extermination puisqu'une solution beaucoup plus humaine de les éliminer nous était offerte : la stérilisation par procédé chimique indolore. Ainsi, les créatures monstrueuses que vous avez aperçues sont-elles les dernières à vivre sur la Terre. Dans l'incapacité de procréer, elles auront totalement disparu en quelques dizaines d'années car la durée moyenne de leur vie est assez courte. En outre, leur alimentation spéciale contient également un analgésique supprimant les souffrances physiques engendrées par leurs tares multiples.

Ce récit avait causé chez les émigrants un pénible sentiment de malaise qui se traduisait par un long silence gêné. Teddy Price, méditatif, hocha la tête en objectant sur un ton de reproche :

— Quoique tout à fait indolore, ce traitement, appliqué à des humains — même tarés

— me paraît être assez discutable, Fergusson. Certes, me rétorquerez-vous, nous-mêmes n'avons pas hésité à ouvrir le feu sur ces malheureux, lorsque par notre imprudence ils tentèrent de quitter leur réserve. Mais vous devez bien penser que si nous avons dû nous résoudre à cette tragique extrémité, c'était parce que la situation du moment ne nous en laissait pas le choix. Nous avons agi de la sorte pour éviter la propagation des maladies infectieuses dont ces infortunés étaient porteurs. Si une solution moins brutale nous avait été offerte, nous n'aurions pas manqué de l'appliquer.

« Or, vous, mutants évolués — pardonnez ma franchise —, vous n'hésitez point à user d'un procédé qui, s'il est indolore, n'en est pas moins un procédé d'extermination, un génocide, pourrais-je dire...

Le mutant à peau bleue s'abstint de prendre ombrage de ce reproche en partie fondé, mais il secoua doucement la tête pour répondre :

— Vous commettez une grave erreur de jugement, Price. Ces « malheureux », ces « infortunés », ainsi que vous les appelez, se sont de tout temps rendus coupables des pires atrocités sur la personne des mutants tombés entre leurs mains. Et que dire du sort réservé par eux aux jeunes filles de notre race, aux femmes qu'ils ont jadis enlevées ? La décence m'interdit de vous rapporter l'ignoble traitement qu'ils leur firent subir...

« Je vous l'accorde, les Dégénérés sont des êtres humains, du moins de par leur origine. En fait, ce sont des monstres, des créatures sanguinaires qui vouent une haine mortelle aux mutants. Nous avons depuis longtemps renoncé à les raisonner... à les apprivoiser conviendrait mieux.

« Il n'est donc pas question pour nous de les laisser en liberté ni de leur permettre de procréer d'autres monstres aussi dangereux que le sont les derniers spécimens actuellement en vie. Plus tard, vous comprendrez et admettrez pour seule valable notre méthode de stérilisation générale.

Judith Lightgow fit diplomatiquement dévier la conversation en posant au pilote une question concernant l'abandon de la Cité Noé Numéro Un par les mutants de race bleue.

— Lorsque nous quittâmes notre refuge dans la jungle brésilienne, nous y laissâmes sept mille Blancs des deux sexes, savants et techniciens de valeur. Malheureusement pour eux, leur physiologie... normale les empêchait de franchir le dôme énergétique sous peine de périr à bref délai dans les torrents de radiations qui sévissaient à l'extérieur.

« Depuis neuf ans, ces hommes et ces femmes que nous avons dû laisser — non point avec joie car nous comptons parmi eux des parents et des êtres chers — sont en proie à un désespoir qui les mine. Avant que notre propre immunité naturelle ne nous soit révélée, nous formions tous une grande famille. Nous étions résignés parce que nous sachant irrémédiablement condamnés à vivre sous ce globe étanche où nos parents, nos grands-parents et nos aïeux avaient vécu et où, logiquement, nos enfants devraient vivre à leur tour.

« Nous ignorions totalement le sens plein et entier du mot liberté. La liberté ne pouvait nous manquer beaucoup : nous ne l'avions jamais connue. Tout au plus, en y réfléchissant, ce mot éveillait-il en nous un sentiment de frustration vague, imprécis. Mais depuis que nous, mutants, sommes partis, avons fait connaissance avec la liberté, nos anciens compagnons blancs sont déchirés, meurtris par cette réclusion forcée dont ils ont brutalement pris pleine conscience...

Il fixa de ses étranges yeux violâtre-orangé le visage du généticien et acheva sur un ton vibrant d'allégresse :

— Grâce à votre fantastique traitement immunisateur, Price, et vous, Judith Lightgow, ces milliers d'hommes, de femmes et d'enfants vont enfin pouvoir goûter le bonheur de vivre à l'air libre !

— Ce sera pour nous une joie merveilleuse que de pouvoir communiquer notre découverte aux physiciens, chimistes et biologistes de la Cité Noé Numéro Un, déclara le chef d'expédition, très ému à l'idée que, outre ses propres compagnons restés sous le dôme énergétique proche du lac Mackay au cœur du désert australien, les humains de l'autre cité allaient pouvoir échapper à leur triste condition.

Le généticien fut tiré de ses pensées par un grondement lointain. Tournant la tête, il vit apparaître à l'horizon une longue colonne de camions à turbine qui fonçaient à une impressionnante vitesse. Apercevant le convoi des émigrants stoppé sur le bord de la route, ils ralentirent progressivement, mais ne prirent même pas la peine de s'arrêter un instant. Ils le dépassèrent, accélérèrent et rétablirent leur train d'enfer en direction de l'ouest. Au passage les conducteurs, sans manifester le moindre étonnement, avaient simplement adressé un signe amical au pilote et à ceux qui l'entouraient.

— Ces quarante camions, expliqua le mutant, gagnent la région d'Hughenden afin de recueillir les corps des Dégénérés maintenant anesthésiés dans la nature grâce aux gaz lâchés par mon camarade aux commandes de son avion.

« Profondément endormis par le nuage des gaz répandus sur toute la région, ils seront ramenés à la réserve d'où ils se sont échappés par votre faute involontaire, précisa-t-il sans la moindre acrimonie. Les mutants chargés de ce travail revêtiront des scaphandres aseptiques pour se protéger des microbes. Ils incinèreront ensuite les cadavres encombrant les portails, la route et les clôtures et répandront sur toute la région un puissant désinfectant. Après leur départ, nos avions lâcheront une seconde fois sur la région contaminée une pulvérisation septisante.

« La promptitude et l'ampleur des moyens mis en œuvre élimineront tout risque de propagation des germes pathogènes aux régions habitées qui se limitent d'ailleurs, comme je vous l'ai dit, à Brisbane et sa banlieue.

Il fit une pause et, préoccupé, passa à un tout autre sujet :

— Quelle est la durée moyenne d'application de votre traitement immunisateur, Price ?

— Notre traitement composé relève du principe de la mithridatisation, partant, il exige une assez longue période « d'acclimatation » pouvant aller jusqu'à deux années. Ce traitement combine une action chimique sur l'organisme à l'action constante mais graduelle de deux champs oscillants — l'un électrique, l'autre magnétique — mis au point par Judith Lightgow. Bien entendu, ce complexe chimico-électro-magnétique est entièrement réalisable dans les labos de votre Cité Noé très certainement semblable à la nôtre.

— Deux ans, murmura le mutant, cela

paraîtrait long à une personne libre se voyant emprisonnée pour ce laps de temps. Mais pour des reclus à vie, la promesse d'une libération dans deux ans équivaut un peu à une grâce accordée au pied de l'échafaud à un condamné à mort !

« Quelle magnifique nouvelle je vais pouvoir annoncer là au chef de clan de Brisbane et, plus encore, au professeur Jeff Sterling, le directeur de la Cité Noé sud-américaine. Veuillez m'excuser quelques minutes...

Sans plus tarder, il grimpa lestement les degrés de l'échelle montant le long du fuselage et se coula dans la cabine du poste de pilotage. Ces « quelques minutes » se traduisirent par une absence de trois quarts d'heure. Lorsqu'il redescendit, son visage étrangement bleu semblait briller davantage, transfiguré par une joie sans bornes. Ce fut d'une voix altérée par l'émotion qu'il annonça :

— Le professeur Jeff Sterling a dû interrompre un long moment notre conversation radio, Price... Je crois bien qu'il pleurait ! Il n'arrivait pas à croire que, dans un avenir aussi rapproché — deux ans ne comptent pas comparativement à des siècles de réclusion — lui et les sept mille humains de race blanche « prisonniers » de la Cité Noé allaient pouvoir sortir et vivre sans danger dans le monde surchargé de radiations atomiques !

« J'ai pris sur moi de lui promettre de vous

conduire cette nuit même au Brésil afin que vous et Miss Lightgow preniez la direction des laboratoires intéressant l'application de vos méthodes immunisatrices. Naturellement, considérant le fait que, pour mes compagnons de la cité brésilienne, vous êtes devenus mortellement radioactifs, vous serez obligés de revêtir un scaphandre imperméable aux radiations que vous émettez. Ainsi, les rôles étant inversés, ce sont *vos* scaphandres personnels qui protégeront ceux qui n'en auront pas !

« L'humanité — du moins ce qu'il en reste — devra à votre génie, Miss Lightgow et vous, Price, de connaître bientôt un épanouissement total !

Le généticien déplorait in petto que le mutant ait pris l'initiative d'annoncer au professeur Sterling leur départ pour le Brésil quasi immédiatement. Aussi dut-il se résoudre à en faire la remarque à l'aviateur de race bleue :

— Nous serons très heureux, Fergusson, d'appliquer à la population de la Cité Noé Numéro Un nos procédés immunisateurs. Toutefois... je dois personnellement remplir avant cela même ma propre mission qui consiste à assurer l'évacuation de notre Cité Noé... Numéro Deux.

Le mutant sourit doucement, tout comme s'il se réjouissait à l'avance d'une bonne surprise :

— Croyez-vous qu'en vous proposant de vous emmener au Brésil je n'obéissais qu'à un sentiment égoïste ? Rassurez-vous, Teddy Price. En songeant à mes frères restés là-bas, sous cette coupole perdue dans la jungle, je n'ai pas oublié les vôtres, isolés dans le désert australien. Dans quarante-huit heures, un premier convoi de deux cents camions à turbine aura atteint votre Cité Noé pour entreprendre sans tarder son évacuation massive. Avant une semaine, ses neuf mille habitants auront été recueillis à Brisbane... où la place ne manque pas pour les loger décemment !

« Quant à vos compagnons, ici présents, ils pourront fort bien, sans vous, atteindre Brisbane dans la nuit où, d'ailleurs, ils sont déjà attendus. La route est excellente parce que régulièrement entretenue ; leur voyage s'effectuera sans difficulté aucune...

Laissant à Teddy Price le soin de s'entretenir des questions de détails avec l'aviateur, Judith s'excusa discrètement et, sans autre explication, elle grimpa dans leur camion.

— En ce qui vous concerne, enchaîna Fergusson, dès que vous aurez commencé l'application de votre traitement immunisateur et, conjointement, formé les techniques capables de vous remplacer pour la poursuite des opérations, vous pourrez à votre guise rejoindre vos compagnons. Cette mise en route des dispositifs électromagnétiques oscillants et la préparation des composés chimiques absorbables demandent-elles longtemps ?

— Un mois, tout au plus... Y compris la formation des techniciens qui assureront par la suite la continuité du traitement.

— Parfait. Cela est encore moins long que je ne le craignais. Acceptez-vous de partir dès ce soir au Brésil, Price ?

— Bien sûr qu'il l'accepte ! lança derrière eux la jeune électronicienne qui revenait, tenant sur chacune de ses épaules nues un gros sac en matière plastique translucide.

« N'est-ce pas, Ted chéri ? ajouta-t-elle en déposant les sacs à terre et en passant son bras autour de la taille du généticien. En compagne et — future — épouse accomplie j'ai déjà préparé nos modestes bagages...

Le mutant bleu éclata de rire et, posant la main sur l'épaule du chef d'expédition :

— Mon cher Price, vous n'avez plus, je crois, qu'à me suivre. Et puis, dans les circonstances présentes, avouez que bien peu de gens ont eu la chance de faire leur voyage de noces au Brésil !

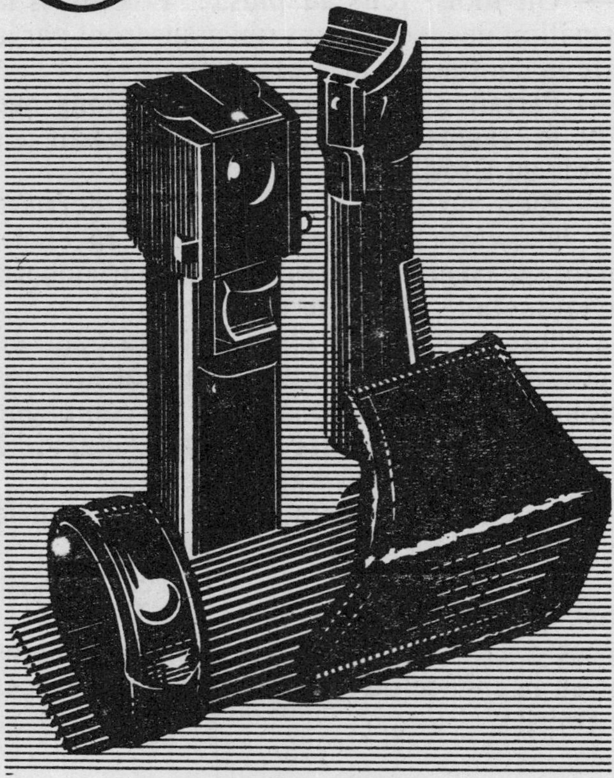

LES ANTI-GANGS

Les Anti-gangs, une équipe d'hommes durs et implacables qui tuent et se font tuer dans un combat sans merci.

DÉJÀ PARUS :

AUGUSTE le BRETON :

N° 1 : L'AS DES ANTI-GANGS
N° 2 : L'AS ET BELLES CHAUSSURES
N° 3 : L'AS ET LE CASSE DU SIÈCLE
N° 4 : L'AS ET LA MARQUISE
N° 5 : L'AS ET L'ENNEMI PUBLIC
N° 6 : L'AS ET LES TERRORISTES
N° 7 : L'AS AU SÉNÉGAL
N° 8 : L'AS ET LES MALFRATS

GEORGES PIERQUIN :

N° 9 : LE PLUS SALAUD DES TROIS
N° 10 : LA POLKA DES RINGARDS
N° 11 : LE POULET À L'ARMORICAINE
N° 12 : BASTOS À LA VOLÉE
N° 13 : TROIS MÉDUSÉS DANS UN RAFIOT
N° 14 : DES POULETS ET DES HOMMES
N° 15 : CES DAMES AU SALOON
N° 16 : TACATA ET FUGUE EN RÉ
N° 17 : DE L'EAU DANS LE GAZOLE
N° 18 : BARBE-BLEUE, SATAN AND C°
N° 19 : LA POULE AUX YEUX D'OR
N° 20 : RAS-LE-SAC
N° 21 : ÇA BARDE À CAMBRONNE
N° 22 : MISE EN BIÈRE-PRESSION
N° 23 : CAR L'OS C'EST CARLOS
N° 24 : LE PRIX DU SANG
N° 25 : LA PEAU DE LA PANTHÈRE
N° 26 : MAIN BASSE SUR L'AUTOROUTE
N° 27 : MISSION EN TROIS POINTS
N° 28 : QUAND LES SOURIS DANSENT
N° 29 : CINQ MILLIARDS AU BOUT DU COLT

SERVICE ACTION

par Paul Vence

**Au Service Action,
tout le monde connaît Robert Skal.
Il appartient au Groupe Ecarlate,
l'élite du contre-espionnage français.
Les hommes apprécient son courage,
les femmes son charme slave...
Mais quand la France est en danger,
il est impitoyable.
Comme un squale.**

Chez votre libraire :

N° 1 : K COMME KARNAVAL
N° 2 : OPÉRATION JACARANDA
N° 3 : TORPILLES SUR LE KGB
N° 4 : PLAN GALILÉE
N° 5 : CLASH A ZAGORA
N° 6 : COUP DUR À KOUROU
N° 7 : L'AFFAIRE TIBERMANN
N° 8 : CHOC À BRISBANE
N° 9 : L'ESPIONNE DE BAGDAD

Achevé d'imprimer en mars 1984
sur les presses de l'Imprimerie Bussière
à Saint-Amand (Cher)

— N° d'édit. 11164. — N° d'imp. 309. —
Dépôt légal : mars 1984.

Imprimé en France